AF458226

BIBLIOTHÈQUE SPÉCIALE DE LA SOCIÉTÉ
DES
AUTEURS ET COMPOSITEURS DRAMATIQUES

# L'ARTICLE 47

DRAME EN CINQ ACTES ET SIX TABLEAUX

PAR

ADOLPHE BELOT

PARIS
E. DENTU, ÉDITEUR
*Libraire de la Société des Auteurs et Compositeurs dramatiques*
ET DE
*la Société des Gens de Lettres.*
PALAIS-ROYAL, 17 & 19, GALERIE D'ORLÉANS.

1871

## EN VENTE A LA MÊME LIBRAIRIE.

Adélaïde et Vermouth, idylle militaire en un acte, par M. Eugène Verconsin, in-18. 1 »
Adrienne Lecouvreur, comédie-drame en 5 actes, par MM. Scribe et E. Legouvé. Gr. in-8. » 60
L'Affaire de la Rue Quincampoix, comédie en un acte, par MM. Dupin et Clairville. 1 »
L'Affaire est arrangée, comédie en un acte de MM. E. Cadol et W. Busnach. 1 »
Nos Alliées, comédie en 3 actes, de P. Moreau. 2 »
L'Amour citoyen, vaudeville en un acte, par M. Jules Renard. 1 »
L'Ange de mes rêves, vaudeville en 3 actes, par MM. Varin et Michel Delaporte. 1 »
L'Auteur de la pièce, comédie-vaudeville en un acte, de MM. Varin et Mic. Delaporte. 1 »
L'Automne d'un Farceur, scènes de la vie conjugale, par Ed. Brisebarre et Eugène Nus. 1 »
Autour du Lac, comédie en un acte, par MM. Crisafulli et Jules Prevel. 1 »
L'Avocat des Dames, comédie-vaudeville en un acte, de MM. H. Rimbaut et R. Deslandes. 1 »
Le Beau Dunois, opéra bouffe en un acte, de MM. Henri Chivot et Alfred Duru. 1 »
La Bergère de la rue Monthabor, comédie-vaudeville en 4 actes, de MM. Eugène Labiche et Delacour. 2 »
Les bienfaits de Champavert, comédie-vaudeville en un acte, par M. Henri Rochefort. 1 »
La Bonne aux Camélias, vaudeville en un acte, par MM. H. Crémieux et Jaime fils, in-18. 1 »
La Botte d'Asperges, vaudeville en un acte, par MM. Thiéry et Bedeau. 1 »
Le Bouchon de carafe, vaudeville en un acte, de MM. Dupin et Eugène Grangé. 1 »
La Boule de Neige, pièce en trois parties, par Ed. Brisebarre et E. Nus. 1 50
Le Cadeau d'un horloger, vaudeville en un acte, par M. Hippolyte Rimbaut, in-18. » 60
La Cagnotte, comédie-vaudeville en 5 actes, de MM. Eug. Labiche et A. Delacour. 2 »
Les Calicots, vaudeville en 3 actes. par MM. H. Thiéry et Paul Avenel, in-4. » 50
Le Canard à trois becs, opéra-bouffe en 3 actes, paroles de M. J. Moinaux, musique de Jonas, in-18. 1 50
Le Carnaval d'un merle blanc, folie parée et masquée en 3 actes, par MM. Chivot et A. Duru. 2 »
Le Cachemire X-B-T, comédie en un acte, par MM. Eugène Labiche et Eugène Nus. In-18. 1 »
Célimare le Bien-Aimé, comédie-vaudeville en 3 actes, de MM. Labiche et Delacour. 2 »
Les Chambres de Bonnes, vaudeville en 3 actes, par MM. Hippolyte Rimbaut et Raimond Deslandes, in-18. 1 50
La Chasse au Bonheur, comédie en un acte, par M. Adrien Decourcelle. 1 »
Les Chemins de fer, comédie-vaudeville en 5 actes, par MM. Eugène Labiche, Delacour et Adolphe Choler, in-18. 2 »
Les Chevaliers de la Table Ronde, opéra-bouffe en 3 actes, paroles de M. H. Chivot et A. Duru, musique de M. Hervé, in-18. 1 50
Chilpéric, opéra-bouffe en 3 actes, paroles et musique de M. Hervé. In-4. » 50
Cinq cents francs de récompense, vaudeville en un acte, par MM. Siraudin et V. Bernard. 1 »
Le Choix d'un gendre, pochade en un acte par MM. E. Labiche et Delacour, in-18. 1 »
La Chouanne, drame en 5 actes et 10 tableaux, par MM. P. Féval et H. Crisafulli, in-18. 2 »
La Comédie de la vie, scènes parisiennes en 5 actes, par M. Ed. Brisebarre. 1 »
e o té d ure d en u ac e

La Commode de Victorine, comédie-vaudeville en un acte, par MM. E. Labiche et E. M
Le Comte d'Essex, drame historique en 5 par M. E. Couturier. In-4.
Les Contributions indirectes, comédie vaudeville en un acte, par M. Henri Thiéry.
Coppélia, ou la Fille aux yeux d'émail, ballet deux actes, par MM. Ch. Nuitter et Saint- in-18. 1
Le Corricolo, opéra-comique en 3 actes, par de MM. Eugène Labiche et Michel Delac musique de M. E. Poise, in-18. 1
Un Coup d'éventail, comédie en un acte, MM. C. Nuitter et Louis Dépret, in-18. 1
Les Couteaux d'or, drame en 5 actes et 8 bleaux, par M. Ferdinand Dugué, tiré du man de Paul Féval, in-18. 1
Les Curiosités de Jeanne, comédie en un par M. E. Verconsin. 1
La Dame aux giroflées, comédie-vaudeville en acte, par MM. Varin et M. Delaporte. 1
La Dame au petit chien, comédie-vaudeville un acte, par MM. Labiche et Dumoustier. 1
Une Dame du lac, comédie-vaudeville en un ac par M. Adrien Choler. 1
Le Dernier jour de Pompeï, opéra en 4 actes paroles de MM. Nuitter et Beaumont, musique de M. Victorin Joncières, in-18. 1
Le Dernier Couplet, comédie en un acte, p M. Albert Wolff. 1
Deucalion et Pyrrha, pastorale mythologique un acte, par MM. Clairville et Guénée. 1
Le Docteur Crispin, opéra-bouffe en 4 actes, paroles de MM. Nuitter et Beaumont, musique des frères L. et F. Ricci. In-18. 1
Le Dossier de Rosafol, comédie-vaudeville en un acte, par MM. Labiche et Delacour. In-18 1
L'Échéance, comédie en un acte, par M. Georges Petit. 1
Ernest, comédie en un acte, par MM. Clairville et Oct. Gastineau. 1
La Fée aux roses, opéra-comique en 3 actes, par MM. Scribe et de Saint-Georges, musique de M. Halévy. Gr. in-8. 1
La Femme du notaire, comédie en un acte, par M. Eug. Delaporte, in-18. 1
Une Femme qui bat son Gendre, comédie-vaudeville, en un acte, par MM. Warin et M. Delaporte. 1 »
Une Femme, un Melon et un Horloger, vaudeville en un acte, par MM. Varin et M. Delaporte. 1 »
Ferblande ou l'Abonné de Montmartre, parodie en un acte, trois tableaux et deux intermèdes, par MM. Clairville, O Gastineau et W. Busnach. 1 »
La Fiancée de Corinthe, opéra en un acte, paroles de M. Camille Du Locle, mus. de M. J. Duprato. In-18. 1 »
Fernandinette, par feu Firmin Diderot, 1 »
La Fiancée du roi de Garbe, opéra-comique en 3 actes, de MM. Scribe et de Saint-Georges, musique de M. Auber. 2 »
Le Fifre enchanté, opérette en un acte, paroles de MM. Nuitter et Tréfeu, musique de M. Jacques Offenbach. in-18. 1 »
Le Fils du brigadier, opéra-comique en 3 actes, paroles de MM. Eugène Labiche et A. Delacour, musique de M. Victor Massé, in-18. 1 »
La Fille bien gardée, comédie-vaudeville en un acte, de MM. E. Labiche et Marc-Michel. 1 »
La ille de Molière comédie e un cte

# L'ARTICLE

# 47

**Du même Auteur :**

---

## ROMANS

Le Drame de la rue de la Paix.

L'Habitude et le Souvenir.

Trois Nouvelles.

L'Article 47.

Mademoiselle Giraud, ma Femme.

---

## THÉATRE

La Vengeance du Mari, drame en trois actes.

Les Indifférents, comédie en 4 actes.

Le Secret de Famille, drame en 5 actes.

Les Souvenirs, comédie en 4 actes.

Les Maris à système, comédie en 3 actes.

Le Drame de la rue de la Paix, drame en 4 actes.

*En collaboration :*

Le Testament de César Girodot.

Les Parents terribles.

Miss Multon.

Le Passé de M. Joanne.

La Fièvre du jour.

---

# L'ARTICLE 47

## DRAME EN CINQ ACTES ET SIX TABLEAUX

PAR

ADOLPHE BELOT

Représenté pour la première fois, à Paris, sur le Théâtre de l'Ambigu-Comique, le 20 Octobre 1871.





PARIS
E. DENTU, ÉDITEUR
*Libraire de la Société des Auteurs et Compositeurs dramatiques*
ET DE
*la Société des Gens de Lettres*
PALAIS-ROYAL, 17 & 19, GALERIE D'ORLÉANS

1871

## PERSONNAGES

—

| | | |
|---|---|---|
| GEORGES DU HAMEL.......... | MM. | REGNIER. |
| VICTOR MAZILIER............ | | PAUL CLÈVES. |
| LE DOCTEUR COMBES......... | | MANGIN. |
| M. DE RIVES.................. | | ARTHUR BRELET. |
| MAITRE DELILLE.............. | | FAILLE. |
| POTAIN....................... | | MONTBARS. |
| DE MÉZIN,.................... | | SEIGLET. |
| SIMON........................ | | ARONDEL. |
| CHATELARD................... | | VOLLET. |
| LAURISTOT, avocat général..... | | DELANGLAY. |
| UN PRÉSIDENT DES ASSISES... | | HENRI ROZE. |
| UN HUISSIER.................. | | HELT. |
| LE CHEF DU JURY............ | | DERVIER. |
| UN COMMISSAIRE DE POLICE... | | DERVIER. |
| ANDRÉ, domestique de Georges.. | | PAUL ALBERT. |
| CORA......................... | Mlle | ROUSSEIL. |
| MADAME DU HAMEL.......... | | THAÏS PETIT. |
| MARCELLE.................... | | MARIE GRANDET. |
| MISS DOWSON............... | | VALENTINE AUBLANC. |
| MARCELINE.................. | | MARIE LEROUX. |
| DEUX DOMESTIQUES.......... | | DRUELLE-ARSÈNE. |

—

L'action se passe de nos jours. — Le 1er acte à Rouen, les autres à Paris.

Pour la mise mise en scène exacte et détaillée, s'adresser à M. Sevin, régisseur général au Théâtre de l'Ambigu.

# L'ARTICLE 47

## ACTE PREMIER

### PREMIER TABLEAU

La salle représente l'intérieur de la salle des assises au palais de justice de Rouen. Au fond, faisant face aux spectateurs, et sur un gradin, le siége de l'avocat général. A côté, mais de plain pied avec la scène, un fauteuil et une petite table réservés à la partie civile et à son avocat. Ensuite, vers la gauche, les bancs des jurés, derrière eux une porte. A droite sur des gradins, le président des assises et la Cour. Derrière ces gradins, une porte. Au premier plan, à droite, l'accusé et son défenseur, vus de profil par les spectateurs. Du même côté, deux portes servant à l'accusé et aux témoins. A gauche, au premier plan, bancs des témoins, des journalistes, des avocats stagiaires et du public privilégié. Derrière ces bancs, une balustrade et le public debout.

---

### SCÈNE PREMIÈRE

GEORGES DU HAMEL, *au banc des accusés entre deux gendarmes ; à côté de lui*, Me DELILLE, *son défenseur ; en face*, L'AVOCAT *de la partie civile* ; LE PRÉSIDENT *des assises et la* COUR *sur leurs siéges* ; LAURISTOT, *avocat général* ; LE PRÉSIDENT *du jury et* ONZE JURÉS *sur leurs bancs* ; HUISSIER *allant et venant dans l'auditoire* ; SIMON, *debout devant la barre qui le sépare du tribunal ; quelques témoins qui ont déjà déposé, assis et mêlés au public privilégié. Des avocats stagiaires en robe à gauche, tenant le premier plan. (Au lever du rideau l'audience est commencée depuis longtemps. On en est à l'audition des témoins.)*

LE PRÉSIDENT, *au témoin Simon qui se tient debout devant le Tribunal.*

Comment connaissez-vous l'accusé ?

SIMON.

J'avais été très-lié avec son père et je le connaissais depuis son enfance.

LE PRÉSIDENT.

Ne l'avez-vous pas perdu de vue après le départ de monsieur Du Hamel père pour l'Amérique?

SIMON.

Non, monsieur le président. J'allais souvent faire visite à madame Du Hamel et causer avec elle de mon ami, de l'exil volontaire auquel il s'était condamné pour rétablir une fortune compromise par des spéculations mal entendues.

LE PRÉSIDENT.

Madame Du Hamel vivait très-retirée?

SIMON.

Oui, monsieur, depuis le départ de son mari. Elle se consacrait entièrement à l'éducation de son fils qu'elle adorait et qui avait pour elle une affection des plus tendres et des plus touchantes.

LE PRÉSIDENT.

L'accusé faisait alors son droit à Paris? Il était signalé parmi les étudiants les plus dissipés et les plus tapageurs. On le voit prendre part à plusieurs manifestations du quartier latin, et un procès-verbal est même dressé contre lui à la suite d'une rixe avec un agent de police, dans la salle de l'Odéon, un soir de première représentation. Vous avez eu connaissance de ce fait?

SIMON.

Oui, monsieur ; madame Du Hamel s'en est même alarmée. Elle était obligée de convenir que si le cœur de son fils était excellent, sa tête était un peu vive. C'est ce qui l'a décidée à l'éloigner de Paris, où il se trouvait dans un milieu un peu trop exalté, et à demander à monsieur Du Hamel de l'appeler auprès de lui en Amérique.

LE PRÉSIDENT.

Monsieur Du Hamel père y consent, son fils le rejoint à

la Nouvelle-Orléans. Que savez-vous de son séjour dans cette ville ? Il y eut bientôt un duel ?

SIMON.

Au bout de trois années seulement, monsieur le président.

LE PRÉSIDENT.

Vous avez eu autrefois des détails sur cette affaire ; veuillez les donner ?

SIMON.

Georges Du Hamel se trouvait sous le vestibule du Théâtre Français de la Nouvelle-Orléans, lorsqu'il fut témoin d'une altercation entre le contrôleur en chef et une jeune femme du pays...

LE PRÉSIDENT.

La demoiselle Cora, qui se porte aujourd'hui partie civile, n'est-ce pas?

SIMON.

Oui, monsieur. Cette dame demandait une place de première galerie, et le contrôleur la lui refusait sous le prétexte qu'elle était notoirement connue à la Nouvelle-Orléans comme fille de couleur, et que, d'après les usages du pays, elle n'avait droit qu'aux loges grillées du troisième étage.

LE PRÉSIDENT.

Alors, l'accusé s'indignant contre ces usages prit la défense de cette dame et scandalisa si fort par ses paroles et son attitude un créole de la Nouvelle-Orléans que celui-ci le provoqua en duel, duel qui se termina par la mort du créole.

SIMON.

Hélas! le fils de mon ami a bien pleuré cette mort, je vous assure.

GEORGES, *de sa place.*

Et je la pleure encore!... Mais était-ce ma faute? Mon adversaire avait perdu la tête, après un combat de plus d'un quart d'heure ; il s'est fendu sur moi et a rencontré mon épée que je tenais droit au corps.

LE PRÉSIDENT, *au témoin.*

Après ce duel, la demoiselle Cora devint la maîtresse de l'accusé, malgré tous les obstacles que monsieur Du Hamel père essaya d'apporter à cette liaison?

SIMON.

Oui, monsieur le président. Il la considérait comme dangereuse pour son fils. Les filles de couleur sont réputées, là-bas, coquettes, légères, jalouses, vindicatives, et mon ami s'alarmait à juste titre. Malheureusement, il est mort, il y a dix-huit mois, de la fièvre jaune, et Georges livré à lui-même s'est abandonné tout entier à cette fatale passion qui le conduit ici.

LE PRÉSIDENT.

Vous vous trouviez au Havre lorsqu'il est revenu d'Amérique avec cette femme?

SIMON.

J'avais accompagné madame Du Hamel qui voulait assister au débarquement de son fils et l'embrasser plus vite.

LE PRÉSIDENT.

Elle le croyait seul, n'est-ce pas? Elle ignorait qu'il eût une compagne de route?

SIMON.

Elle n'en a été informée que plus tard.

LE PRÉSIDENT.

Par vous?

SIMON.

Non, monsieur, par lui. Follement amoureux de sa maîtresse, jaloux d'elle jusqu'au délire, l'événement l'a bien prouvé, il n'avait pu, le jour de son arrivée, consacrer à sa mère tout son temps. Elle s'en plaignit, l'accusa de moins l'aimer qu'autrefois, et alors, pour se disculper d'un tel reproche, il dit la vérité, avoua ses erreurs, et raconta sa vie depuis un an. J'étais présent à cet entretien; j'ai tout entendu.

LE PRÉSIDENT.

Parlez, monsieur, parlez; nous vous écoutons.

SIMON.

Il nous expliqua d'abord ingénument son amour. Il nous dit comment celle dont il avait pris la défense s'était faite aimable, gracieuse, sentimentale et tendre pour le séduire. Elle s'était plu à lui faire connaître toutes les joies intimes et pures dont il était sevré depuis son départ du Havre, et à se rendre utile, nécessaire, indispensable. Puis, le jour où elle avait senti qu'elle était maîtresse absolue de son cœur, elle avait entrepris de conquérir à jamais son imagination. Elle y était parvenue, et lorsqu'il avait été entièrement enivré, affolé, vaincu, elle avait repris possession d'elle-même et avait exercé froidement son empire sur lui. La fille de couleur dédaignée, méprisée, chassée des lieux publics, avait un blanc pour esclave!

MAÎTRE DELILLE, *bas à Georges.*

Il vous défend mieux que je ne le saurais faire.

GEORGES.

Pauvre vieil ami de mon père, comme je voudrais te remercier et te serrer la main!

SIMON, *continuant.*

Bientôt elle avait pris plaisir à le torturer dans son amour. Elle n'allait pas jusqu'à le tromper, croyait-il du moins, mais elle mettait, cependant, assez d'apparences contre elle pour le faire souffrir sans relâche.

GEORGES, *se levant et s'adressant aux Jurés.*

Oh! oui, oui, c'est bien cela!

LE PRÉSIDENT, *au témoin.*

Après avoir écouté ces tristes confidences, vous avez dû essayer de le faire renoncer à cette liaison dont il connaissait si bien les côtés fâcheux?

SIMON.

Oui, monsieur... Nous avons tout tenté, et, touché surtout par les prières de sa mère, il nous a promis d'essayer de vaincre sa passion.

LE PRÉSIDENT.

C'est dans ces dispositions que vous l'avez laissé, et quelques heures après vous appreniez sa tentative de meurtre contre sa maîtresse. Qu'est-ce qui a pu se passer pendant ce temps? Que supposez-vous?

SIMON.

Tout ce qu'on peut supposer, monsieur le président, lorsque se trouvent en présence un jeune homme ardent, jaloux, un peu violent, et une femme coquette, légère, sans cœur, et prête à tout sacrifier à ses caprices.

LE PRÉSIDENT.

Vous avez été attiré par le coup de pistolet dans l'appartement de Georges Du Hamel?

SIMON.

Oui, monsieur le président, comme tous les habitants de l'hôtel.

LE PRÉSIDENT.

Veuillez nous peindre la scène.

SIMON.

D'un côté, une femme étendue sur le parquet, la figure couverte de sang; de l'autre, l'accusé au milieu du salon, pâle, muet, immobile, terrifié par l'action qu'il venait de commettre.

LE PRÉSIDENT.

Il tenait encore son revolver à la main?

SIMON.

Oui, monsieur, et lorsque le bruit l'a rappelé à lui, lorsqu'il s'est rendu compte de ce qui venait de se passer, je l'ai entendu s'écrier : Ma mère, pardonne-moi! Et, au même instant, il a porté le révolver à sa tempe... mais on le lui a arraché des mains avant qu'il ait pu tirer.

LE PRÉSIDENT.

Une dernière question. Que pensez-vous de cette accusation de vol que la demoiselle Cora formule contre son amant?

SIMON.

Je pense, monsieur, que cette accusation n'a qu'un but : enlever à Georges Du Hamel les chances qu'il pourrait avoir, d'exciter l'intérêt du jury et de la cour, et tirer de lui une vengeance complète. J'ai fait la partie large aux défauts du fils de mon ami, mais jamais je ne le croirai capable d'une bassesse. Descendre à voler une femme pour laquelle il se serait ruiné avec joie, qui pourra le croire? L'en accuser, c'est de la démence!

LE PRÉSIDENT.

C'est bien, monsieur, vous pouvez prendre place dans l'auditoire. Qu'on appelle un autre témoin : (*Simon se place au banc des témoins à gauche.*)

## SCÈNE II

LES PRÉCÉDENTS. MARCELINE.

MARCELINE, *entrant par la porte des témoins et conduite par l'huissier, à elle-même tout en traversant la salle.*

Que de monde! Tout ça pour juger un pauvre garçon qui a eu un petit moment de vivacité. Si encore il avait tiré ce coup de pistolet sur un homme, je ne dis pas, mais une femme, il y en a tant!

L'HUISSIER, *arrive devant le tribunal avec Marceline.*

Tournez-vous. (*Elle se retourne de telle façon qu'elle se trouve tourner le dos au tribunal.*) Mais non, pas comme ça.

MARCELINE.

Vous me dites de me tourner... On s'explique.

L'HUISSIER.

Silence!

MARCELINE.

C'est bon!... c'est bon... (*A elle-même.*) Quelle voix!

Ah! mais je suis fatiguée... (*Elle aperçoit la chaise du greffier et va pour s'asseoir.*)

L'HUISSIER.

On ne s'assied pas.

MARCELINE.

Comment, on ne s'assied pas! (*Regardant autour d'elle.*) Tout le monde est assis..., il n'y a que moi debout.

L'HUISSIER.

Silence!

LE PRÉSIDENT, *à Marceline.*

Vos nom et prénoms?

MARCELINE.

Marceline.

LE PRÉSIDENT.

C'est tout?

MARCELINE.

Je le crois... Après cela, je n'ai jamais vu mon extrait de naissance.

LE PRÉSIDENT.

Votre profession?

MARCELINE.

Servante à l'hôtel des Indes, au Havre.

LE PRÉSIDENT.

Votre âge?

MARCELINE.

Ah! mon âge, ça, je ne sais pas; mettons le moins possible.

LE PRÉSIDENT.

Vous n'êtes ni parente, ni alliée de l'accusé, ni attachée à son service?

MARCELINE.

Non, monsieur le président, et je le regrette.

LE PRÉSIDENT.

Épargnez-nous vos réflexions. Vous jurez de parler sans haine et sans crainte, de dire la vérité, toute la vérité...

MARCELINE.

Je le jure!

LE PRÉSIDENT.

Vous vous êtes trouvée, à plusieurs reprises, en rapports avec Georges Du Hamel, dans la journée du 12 juin dernier. Qu'avez-vous vu? qu'avez-vous remarqué?

MARCELINE.

J'ai remarqué que le pauvre garçon était bien malheureux. Il se désolait de ce que sa dame était sortie depuis le matin sans dire où elle allait; tantôt il s'asseyait et se cachait la tête dans les mains, tantôt il se promenait dans le salon, et moi je me disais...

LE PRÉSIDENT.

Il ne s'agit pas de ce que vous vous disiez, mais de ce qu'il se disait, lui...

MARCELINE.

Il disait... il disait bien des choses et entre autres, celle-ci que j'ai retenue : c'est une misérable!... Il voulait partir sans la revoir... mais moi j'étais bien tranquille; je sais qu'on ne part pas dans ces cas-là. Les hommes sont si lâches!... Ah! s'ils nous connaissaient mieux!

LE PRÉSIDENT.

Je vous ai déjà dit de nous épargner vos réflexions. A la fin de la journée, la personne qu'attendait l'accusé est rentrée, vous étiez auprès de lui en ce moment?

MARCELINE.

Oui, monsieur le président. Je n'étais pas fâchée de savoir ce qui se passerait et je rangeais des malles pour qu'on ne me renvoyât pas trop vite.

LE PRÉSIDENT.

Quel air avait la demoiselle Cora?

MARCELINE.

L'air fort guilleret.

LE PRÉSIDENT.

Rendit-elle compte devant vous de sa conduite pendant cette journée?

MARCELINE.

Elle dit d'un ton léger, qu'elle était allée se promener avec le fils d'un armateur du Havre, monsieur Victor Mazilier, qu'on lui avait présenté. L'accusé se récria, elle le pria de ne pas lui faire de scène et de la laisser tranquille. En ce moment on m'aperçut et je fus obligée de sortir.

LE PRÉSIDENT.

Dans l'instruction cependant, vous avez été plus explicite, vous avez donné d'autres détails.

MARCELINE.

C'est que... au lieu de m'en aller tout à fait, je suis passée dans la pièce d'à côté et j'ai entendu différentes choses, lorsqu'on élevait la voix... Je ne suis pas curieuse...

LE PRÉSIDENT.

On le voit bien. Qu'avez-vous entendu?

MARCELINE.

Mademoiselle Cora disait qu'elle n'était pas faite pour l'existence tranquille, bourgeoise et retirée que son amant lui offrait à Paris. Elle aimait le bruit, le mouvement, les fêtes, le luxe; elle voulait avoir des voitures, des bijoux, et mener une brillante existence, et, comme monsieur Du Hamel ne pouvait lui donner tout cela, elle assurait qu'il ferait mieux de la quitter.

LE PRÉSIDENT.

Que répondait-il?

MARCELINE.

Il paraissait exaspéré... Tantôt il la menaçait, tantôt aussi il la suppliait de ne pas le quitter. Il lui disait qu'il l'adorait, qu'il mourrait loin d'elle. Le pauvre garçon me fendait le cœur, et il m'arrivait, derrière la porte, de montrer le poing à celle qui le faisait souffrir ainsi. Un si beau garçon!

LE PRÉSIDENT, *à l'avocat de l'accusé.*

Le défenseur a-t-il quelques questions à poser à ce témoin ?

MAÎTRE DELILLE, *se levant.*

Oui, monsieur le président ; je lui demanderai de rappeler ses souvenirs et de nous dire si, durant cette scène dont elle a surpris une partie, elle n'a pas entendu parler de ces fameuses valeurs qu'on accuse notre client d'avoir voulu soustraire.

MARCELINE.

Oui, j'ai entendu ces mots prononcés par mademoiselle Cora : Je veux mes traites, rendez-moi mes traites!

MAITRE DELILLE, *se rasseyant.*

C'est tout ce que je voulais savoir.

(*Marceline, sur un signe du président, vient s'asseoir au banc des témoins*).

LAURISTOT, *avocat général, de sa place.*

Je m'étonne que le défenseur paraisse satisfait de ces paroles qui fortifient l'accusation.

MAÎTRE DELILLE.

Permettez, monsieur l'avocat général, je trouve au contraire qu'elles servent à la défense. Elles établissent clairement une chose que nous n'avons jamais contestée, c'est que la demoiselle Cora, en quittant la Nouvelle-Orléans, où elle avait vendu sa maison de la rue Saint-Philippe, avait confié à son amant, Georges Du Hamel, qui voyageait avec elle, soixante mille francs de valeurs sur des banquiers de Paris. Dans la scène qui eût lieu à l'hôtel des Indes, Cora, décidée à quitter mon client, réclama ses valeurs, et celui-ci exaspéré refusa de les lui rendre. Mais il n'y avait là que l'action d'un homme fou de désespoir, essayant, par tous les moyens possibles, de retenir sa maîtresse auprès de lui. « Si je ne lui rends pas son argent, se disait-il, elle ne partira pas aujourd'hui, et demain je l'aurai peut-être décidée à rester. » Rien n'est plus simple, rien n'est plus facile à expliquer.

LAURISTOT.

C'est votre appréciation, nous en avons une autre.

LE PRÉSIDENT DU JURY, *se levant.*

Monsieur le président, en mon nom et au nom de plusieurs de mes collègues, je vous demanderai de vouloir bien rappeler à cette audience la partie civile et de l'interroger sur la façon dont elle explique les paroles au sujet desquelles le défenseur et l'avocat général discutent en ce moment.

LE PRÉSIDENT.

Je n'ai rien à refuser à messieurs les jurés. (*A l'Huissier.*) Faites rentrer la demoiselle Cora.

MARCELINE, *à elle-même, pendant que l'huissier exécute cet ordre.*

Ah! tant mieux! Je ne suis pas fâchée de voir cette bonne petite créature-là, et de la voir défigurée, je n'aime pas les jolies femmes, moi.

(*Cora entre par la porte des témoins. Mouvement de curiosité dans l'auditoire.*)

## SCÈNE III

LES MÊMES, CORA.

MARCELINE, *regardant Cora tandis qu'elle gagne sa place.*

Tiens! tiens! mais elle a fort habilement caché sa petite difformité.

LE PRÉSIDENT, *à Cora.*

Messieurs les jurés, madame, désirent que vous expliquiez ces mots : « Je veux mes traites, rendez-moi mes traites, » prononcés, dit-on, par vous dans le cours de votre querelle avec l'accusé. D'abord, reconnaissez-vous les avoir prononcés?

CORA.

Parfaitement, monsieur.

LE PRÉSIDENT.

Expliquez-les.

CORA.

C'est très-facile, je vois encore la scène. Je venais de retirer mes valeurs d'un coffret où elles avaient été enfermées pendant mon voyage et j'en vérifiais le compte, lorsque tout à coup l'accusé se précipite sur moi et me les arrache. Je ne m'explique pas d'abord cette action, je crois qu'il plaisante, mais bientôt je ne puis me tromper. Il est pâle, ému, et c'est en tremblant qu'il serre ces traites dans le portefeuille où elles ont été retrouvées. « Mes traites, lui dis-je, je veux mes traites ! » Il ne répond pas et se dispose à sortir... Je le menace de crier au voleur s'il ne me rend pas ce qu'il vient de me prendre. Il tire alors de sa poche un de ces revolvers que tous les hommes ont sur eux en Amérique, il l'arme, marche sur moi, et d'une voix contenue : Taisez-vous ou je vous tue, me dit-il. L'indignation l'emporte sur la frayeur, je crie : il fait feu et je tombe. Je ne sais plus ce qui s'est passé.

GEORGES, *se levant.*

Tu mens ! tu mens ! je te dis que tu mens !

LE PRÉSIDENT.

Accusé, taisez-vous.

GEORGES.

Mais, monsieur le président, c'est une infamie !

LE PRÉSIDENT.

Je vous ordonne de vous taire !... Je ne vous permettrai pas d'insulter la partie civile. (*A l'Huissier.*) Qu'on appelle un témoin.

L'HUISSIER, *près de la porte des témoins.*

Venez !

## SCÈNE IV

LES MÊMES, CHATELARD.

CHATELARD, *du dehors.*

Voilà! voilà! (*Entrant et bas*) Monsieur l'huissier, ma femme et ma fille, âgée de douze ans, sont dans l'auditoire, je vous prierai de les faire mettre au premier rang pour qu'elles m'entendent déposer.

L'HUISSIER.

On vous attend, avancez.

CHATELARD.

J'avance, monsieur, mais j'avance avec dignité, comme il convient à un homme sur lequel tous les regards sont fixés. (*Passant près de la tribune des journalistes.*) Messieurs les journalistes, et messieurs les sténographes, ne perdez pas, je vous prie, un mot de ce que je vais dire; je parlerai lentement pour que rien ne vous échappe. (*Il arrive devant la tribune et prend une pose victorieuse.*)

LE PRÉSIDENT.

Vos nom et prénoms?

CHATELARD.

Anastase Chatelard, parfumeur, rue du Renard 6, à Rouen, patrie du grand Corneille.

L'AVOCAT GÉNÉRAL, *de sa place.*

Ce témoin, monsieur le président, ne connaissait pas l'accusé. Il est simplement entré dans la chambre où le crime a été commis, et cinq minutes après. Sa déposition ne peut jeter un jour nouveau sur cette affaire et nous y renonçons, à moins que le défenseur ne désire l'entendre.

MAITRE DELILLE.

Nullement.

CHATELARD.

Comment! comment! je ne parlerai pas, mais j'avais préparé... (*Élevant la voix.*) Monsieur le président...

L'HUISSIER, *à Chatelard sur un signe du Président.*

Allez, vous asseoir.

CHATELARD

M'asseoir!... Et ma femme qui s'apprêtait à m'entendre... et ma fille à qui j'avais promis... Monsieur le président!

L'HUISSIER.

Allez donc vous asseoir.

CHATELARD.

Oh! monsieur, on me fait perdre tout mon prestige auprès de ma famille. (*Il s'assied sur Marceline.*)

MARCELINE.

Prenez donc garde, ce n'est pas une raison de m'écraser parce que vous avez manqué votre effet.

CHATELARD.

Excusez mon trouble, mademoiselle, excusez-le. Mais lorsqu'on a vécu trois mois avec la pensée de comparaître en cour d'assises, et de voir toutes ses paroles imprimées, il est bien triste de revenir...

MARCELINE.

Bredouille.

CHATELARD.

Je ne me serais pas servi de ce mot, mais il peint bien la situation. (*Se tournant vers le public et regardant.*) Ah! mon Dieu! elles sont au premier rang... elles ont tout vu... Comment ma fille me respectera-t-elle? (*Pendant ce jeu de scène, l'huissier a introduit Potain qui s'est avancé vers le tribunal et a rempli les formalités d'usage.*)

## SCÈNE V

Les Mêmes, POTAIN.

LE PRÉSIDENT, *au témoin.*

Vous étiez sur le quai de la Marine, au Havre, au moment

du débarquement de Georges Du Hamel et de la demoiselle Cora ?

POTAIN.

Oui, monsieur le président. Victor Mazilier m'avait dit : Un navire de mon père entre dans les bassins ; les passagers débarquent, viens voir s'il y a quelques jolies femmes à bord. Alors, j'ai suivi Victor, parce que c'est mon ami ; je le suis toujours.

LE PRÉSIDENT.

Qu'a fait l'accusé en arrivant à terre ?

POTAIN.

Sa mère l'attendait. Il s'est précipité dans ses bras, et est entré avec elle à l'hôtel de l'Amirauté.

LE PRÉSIDENT.

Il a laissé seule sur le quai sa compagne de route?

POTAIN.

Oui, monsieur le président. Alors, Victor m'a dit : Potain, comment la trouves-tu? J'ai dit : Je la trouve superbe! Victor a dit : Elle n'a pas l'air de connaître le Havre, elle paraît très-embarrassée de sa personne et de ses malles, viens lui offrir nos services auprès de la Douane, j'ai dit...

LE PRÉSIDENT.

Oui, vous vous êtes dit... Assez... Répondez seulement à nos questions. Quel accueil vous fit celle que vous aviez rejointe ?

POTAIN.

Un accueil un peu froid d'abord : mais le capitaine du navire qu'elle venait de quitter a passé près de nous ; Victor le connaissait... Il s'est fait présenter à sa passagère et la glace a été rompue.

LE PRÉSIDENT.

Combien de temps êtes-vous resté avec elle?

POTAIN.

Une heure à peu près, tandis qu'on visitait les malles.

Puis, Victor m'a dit : Potain, maintenant tu m'embarrasses, je ne puis pas causer intimement avec cette dame, va-t'en, je te rejoindrai bientôt. Je suis parti.

LE PRÉSIDENT.

Et quand il vous a rejoint, que vous a-t-il dit?

POTAIN.

Qu'il avait promené mademoiselle Cora sur les quais, dans la rue de Paris, qu'elle était aussi aimable que jolie, et qu'il espérait bien la revoir le lendemain.

LE PRÉSIDENT.

Et il l'a revue?

POTAIN.

Ils ont passé une partie de la journée ensemble, ce qui m'a beaucoup contrarié, parce que je ne quitte jamais Victor, et que je ne savais plus que faire de mon temps.

LE PRÉSIDENT.

Cela nous suffit. Allez vous asseoir. (*Au Greffier.*) Qu'on introduise Victor Mazilier.

CHATELARD, *pendant qu'on exécute cet ordre, à Potain qui s'assied près de lui.*

Ah! monsieur, vous au moins, vous avez parlé, vous lirez demain dans les journaux votre déposition.

POTAIN.

Et ma famille aussi la lira... et elle me supprimera ma pension pour m'apprendre à aller attendre les jolies femmes qui débarquent d'Amérique.

(*Mazilier a traversé l'auditoire et s'est placé devant le tribunal.*)

## SCÈNE VI

LES MÊMES, MAZILIER.

LE PRÉSIDENT.

Vos noms, âge et profession?

MAZILIER.

Victor Mazilier, vingt-cinq ans, employé dans les bureaux de mon père, armateur, au Havre.

LE PRÉSIDENT.

Vous n'êtes ni parent, ni allié de l'accusé, ni employé à son service?

MAZILIER.

Non, monsieur le président.

LE PRÉSIDENT.

Vous jurez de parler sans haine et sans crainte, et de dire la vérité, et rien que la vérité?

MAZILIER, *levant la main.*

Je le jure.

LE PRÉSIDENT.

Nous savons de quelle façon cavalière vous avez fait la connaissance de la demoiselle Cora, et quel a été à peu près l'emploi de votre temps avec elle dans la journée du onze. Nous désirons maintenant savoir ce qui s'est passé entre elle et vous le lendemain douze.

MAZILIER.

Sans avoir consenti à me donner positivement rendez-vous, elle m'avait laissé entendre qu'elle ferait des emplettes, vers les dix heures du matin, dans la rue de Paris. Je m'y suis trouvé et je l'ai rejointe... Nous sommes allés visiter quelques villas à louer sur la côte d'Ingouville et à Sainte-Adresse.

LE PRÉSIDENT.

Vous étiez en voiture?

MAZILIER.

Découverte, monsieur le président.

LE PRÉSIDENT.

Au moment où vous traversiez la place de la Comédie, n'avez-vous pas été aperçus de Georges Du Hamel?

MAZILIER.

Oui, monsieur.

LE PRÉSIDENT.

Quelle était son attitude? Quel air avait-il?

MAZILIER.

Il m'a semblé qu'il était très-pâle et en proie à une grande colère.

LE PRÉSIDENT.

N'a-t-il pas voulu faire arrêter votre voiture?

MAZILIER.

Oui, mais j'ai donné l'ordre au cocher de presser ses chevaux.

LE PRÉSIDENT.

Dans quel but alliez-vous visiter des maisons à louer?

MAZILIER.

J'avais dit la veille à mademoiselle Cora, que je ne comprenais pas qu'elle consentît à se rendre à Paris à la fin du mois de juin, que toutes les élégances parisiennes étaient, à ce moment de l'année, aux eaux ou aux bains de mer, et qu'elle ferait bien mieux de passer le reste de l'été dans les environs du Havre. Sans être encore entièrement décidée à suivre mon conseil, elle voulut se rendre compte du prix des locations.

LE PRÉSIDENT.

Après s'en être rendu compte, après cette journée passée avec vous, à quoi s'était-elle arrêtée?

MAZILIER.

A se fixer quelque temps à Sainte-Adresse, je suis obligé d'en convenir.

LE PRÉSIDENT.

Elle devait faire part de cette décision à Georges Du Hamel, en rentrant à l'hôtel?

MAZILIER.

Oui, monsieur le président.

LE PRÉSIDENT.

C'était une rupture définitive.

MAZILIER.

Non, elle ne l'entendait pas ainsi. Elle paraissait aimer encore son compagnon de voyage, mais elle était effrayée de la vie modeste qu'il voulait lui faire, elle rêvait une existence brillante, et voulait surtout être libre, recevoir qui bon lui semblerait ; elle devait signifier ces résolutions à monsieur Du Hamel.

LE PRÉSIDENT.

Résolutions dans lesquelles vous vous empressiez de la fortifier.

MAZILIER.

J'étais dans mon rôle.

LE PRÉSIDENT.

Votre rôle, vraiment. Votre rôle de séducteur, n'est-ce pas ? Vous avez une grave responsabilité dans cette affaire, monsieur. C'est vous qui, par la légèreté de votre conduite, avez été cause de cette scène qui s'est terminée par une tentative de meurtre. Vous pouvez regagner votre place.

MAZILIER, *s'éloignant vers la gauche.*

Il est raide le président.

CHATELARD, *à Marceline.*

Oui, mademoiselle, quitte à être traité de la sorte, j'aurais préféré parler.

POTAIN, *près de qui Mazilier s'assied.*

Eh bien, Victor ?

MAZILIER.

Eh bien, Potain ?

POTAIN.

C'est monsieur Mazilier père qui va être content !

MAZILIER.

Et monsieur Potain père !

POTAIN.

J'en frémis. Si nous ne retournions jamais au Havre...

MAZILIER.

J'y songeais.

MAÎTRE DELILLE, *se levant.*

La mère de l'accusé vient de me faire passer un mot dans lequel elle supplie la Cour de vouloir bien l'entendre un instant. Monsieur le président veut-il, en vertu de son pouvoir discrétionnaire, accorder cette requête que j'appuie de toutes mes forces?

MARCELINE, *au banc des témoins.*

Moi aussi! Moi aussi!

L'HUISSIER.

Silence!

CHATELARD.

Cette demoiselle est bien compromettante pour ses voisins. (*Il fait mine de s'éloigner et jette des regards indignés sur Marceline.*)

LE PRÉSIDENT, *après s'être consulté avec les juges.*

On peut introduire la mère de l'accusé. (*Pendant que l'Huissier va chercher madame Du Hamel*). Je ferai remarquer à messieurs les jurés que les paroles qu'ils vont entendre ne doivent être admises qu'à titre de renseignements.

CHATELARD, *à son voisin.*

Et moi, moi qu'on pouvait entendre légalement!

## SCÈNE VII

LES PRÉCÉDENTS, MADAME DU HAMEL.

LE PRÉSIDENT, *à madame Du Hamel qui s'avance émue les yeux fixés sur son fils.*

Approchez, madame, vous n'avez pas de serment à prêter; la loi ne vous reconnaît pas la qualité de témoin. Lorsque vous serez un peu remise, vous voudrez bien prendre la parole.

GEORGES, *bas à maître Delille.*

Pourquoi a-t-elle voulu venir... Quel supplice atroce!

MAÎTRE DELILLE.

Elle peut vous sauver.

GEORGES.

Ah ! Je ne veux pas l'être au prix d'une telle souffrance !

MADAME DU HAMEL, *prenant la parole d'une voix basse et troublée d'abord, puis se remettant peu à peu.*

Je remercie la Cour de vouloir bien m'entendre ; j'essayerai de ne pas abuser de ses instants et de dominer mon émotion. Je sais bien que ma place n'est pas ici, mais je souffrais tellement là-bas au dehors que j'ai voulu... (*Se tournant vers le Jury.*) Messieurs, ne faites pas attention à la façon dont je m'exprime ; dites-vous seulement que vous avez devant vous une mère, une veuve qui vient défendre son unique enfant... Ah ! si vous saviez comme je l'aime et quelle affection il a pour moi, de quels soins il m'entourait... Ne me séparez pas plus longtemps de lui. Songez que je l'ai à peine vu : il était éloigné de moi depuis cinq ans. Messieurs, mettez-vous à ma place, vous avez, vous aussi des enfants. Si pareil malheur vous arrivait !... Mais ce n'est pas cela que je voulais dire. On pourrait croire que je suis venue ici pour vous émouvoir, non... non... Je parle à des hommes, à des juges. Je ne veux pas les attendrir, je veux les convaincre. J'avais préparé un raisonnement qui vous aurait persuadés et voilà qu'il m'échappe en ce moment.

LE PRÉSIDENT.

Remettez-vous, madame.

MADAME DU HAMEL.

Non... non... je sais... je sais... On accuse mon fils de vol, lui !... Pourquoi donc aurait-il volé ? Ne venait-il pas d'hériter de son père de trois cent mille francs et n'avait-il pas envoyé cette fortune en France, en m'écrivant qu'il me cédait tous ses droits. J'ai remis cette lettre autrefois au juge d'instruction. Ainsi, il abandonne trois cent mille francs et il en vole soixante mille. Est-ce possible ? est-ce croyable ?... Et qui vole-t-il ?... Celle qu'il aime à la folie... Celle à laquelle il a tout sacrifié... Celle pour laquelle il se serait ruiné avec joie! Messieurs, j'en appelle à votre raison, est-ce possible? (*Se tournant vers Cora.*) Madame, vous vous portez partie civile, vous réclamez à mon fils une somme d'argent pour le tort qui vous a été causé physiquement. Nous le comprenons. Mon fils a commis une grande faute envers vous et il veut la réparer autant qu'il est en lui. Nous vous offrons notre fortune, notre fortune tout entière, la sienne, la mienne, peu nous importe, nous acceptons la misère; mais renoncez à votre terrible accusation, ne dénaturez pas ce procès, n'indisposez pas plus longtemps la justice contre nous, ne nous déshonorez pas. C'est une mère qui vous parle, madame, je ne vous ai rien fait, moi; si vous n'avez pas pitié de mon fils, ayez pitié de moi... (*Elle retombe épuisée sur son fauteuil. Rumeurs sympathiques dans l'auditoire.*)

LE PRÉSIDENT DU JURY, *se levant.*

Je vous demanderai, monsieur le président, de vouloir bien interroger de nouveau la demoiselle Cora et de lui demander si elle persiste dans ses déclarations.

CHATELARD, *à son voisin.*

C'est ce qu'on appelle un incident d'audience.

LE PRÉSIDENT, *à Cora.*

Vous avez entendu... Répondez!

CORA, *se levant et avec énergie.*

Je maintiens mon accusation!... (*Se tournant vers l'Accusé.*) Ce n'est pas seulement un assassin, c'est un voleur! (*Rumeurs dans l'auditoire.*)

LE PRÉSIDENT.

Assez! Vous ne devez pas insulter l'accusé.

CORA.

Je vous demande pardon, monsieur le président, mais je ne suis pas toujours maîtresse de moi lorsque je me trouve en face de l'homme dont la brutalité m'a mise dans l'état où je me trouve. Il est triste, monsieur, à mon âge, de se dire qu'on est défigurée pour le reste de sa vie et qu'on est condamnée à l'ombre et à l'isolement, lorsqu'on rêvait le monde et le soleil !

(*Elle s'assied. Mouvement dans l'auditoire.*)

MARCELINE, *à ses voisins.*

Je vous affirme qu'il n'y a pas un mot de vrai dans tout ce qu'elle a dit... Ah ! vous vous laissez prendre à ses grands gestes, à ses belles paroles ! Vous ne savez donc pas ce dont une femme est capable ?

CHATELARD.

Je m'étonne, mademoiselle, qu'au lieu de défendre le sexe honorable dont vous faites partie... vous...

MARCELINE.

Laissez-moi tranquille, vous ! (*Elle s'éloigne.*)

CHATELARD, *à ses voisins.*

Cette femme manque d'éducation.

L'HUISSIER.

Silence !

LE PRÉSIDENT.

La parole est à monsieur l'avocat général.

LAURISTOT, *se levant.*

Messieurs de la Cour, messieurs les jurés, l'accusation que la partie civile porte contre Georges Du Hamel est si précise, les paroles que vient de prononcer la demoiselle Cora, ont produit sur vous une si vive impression et ces longs débats ont jeté sur cette affaire tant de clarté que ma tâche devient des plus simples. Insister davantage sur des faits qui parlent si éloquemment d'eux-mêmes en affaiblirait la portée. Je me borne donc à vous dire que je maintiens l'accusation telle qu'elle est formulée dans l'acte qu'on vous a lu au commencement de cette audience, et que je vous demande le juste châtiment de Georges Du Hamel, au nom de la société dont je suis le mandataire, au nom de la société outragée par un crime. (*Il se rassied.*)

CHATELARD.

Comment ! c'est fini ! Il avait une si belle occasion de parler pendant deux heures et il la laisse échapper.

MARCELINE.

Ce n'est pas vous qui auriez cette discrétion-là.

LE PRÉSIDENT.

La parole est au défenseur de l'accusé.

MARCELINE.

A la bonne heure.

MAÎTRE DELILLE, *qui s'est levé.*

Messieurs de la Cour, messieurs les jurés, dans ma carrière déjà longue, je le dis, la main sur la conscience, je n'ai jamais eu à défendre un accusé plus sympathique et à plaider une meilleure cause. Il y a quelques jours, je ne connaissais pas Georges Du Hamel, et aujourd'hui je l'estime et je l'aime. Ce n'est pas un client auquel je viens prêter l'appui de ma parole, c'est un ami, c'est un fils que je viens réhabiliter devant vous.

MARCELINE, *à ses voisins.*

Il me plaît, cet homme-là, il peut parler tant qu'il voudra je ne m'endormirai pas.

MAÎTRE DELILLE.

Pour ce qui concerne les antécédents de l'accusé, sur lesquels on s'est beaucoup appesanti durant ces débats, je n'en connais pas de meilleurs. C'est l'ami le plus dévoué, le fils le plus tendre qui ait jamais existé. On lui reproche d'avoir pris part autrefois à des manifestations, au quartier Latin. Est-ce un crime d'être ardent, de s'enthousiasmer pour les grandes idées? Que deviennent plus tard, ces étudiants qu'il vous plaît de faire si terrib les? Des négociants, des artistes, des agriculteurs comme vous, messieurs les jurés. Ah! vous lui reprochez son duel; voici, messieurs, ce qu'en pensent en Amérique les personnes les plus recommandables. (*Il lit.*) « L'opinion est unanime ici, pour » donner, dans cette affaire, tous les torts à l'adversaire de » Georges Du Hamel. Celui-ci s'est conduit avec le plus » grand courage et la plus grande générosité, et si notre » compatriote a trouvé la mort dans ce duel, c'est qu'il l'a» vait pour ainsi dire cherchée. »

MARCELINE.

Alors, c'est bien fait.

L'HUISSIER.

Silence !

LE PRÉSIDENT.

Des interruptions partent fréquemment de ce côté de la salle. (*Il montre la place où se tient Marceline.*) Je rappelle une dernière fois au public, que toute marque d'approbation ou d'improbation lui est interdite.

CHATELARD.

En effet, on trouble d'une façon indécente la majesté de ces débats.

MARCELINE.

Silence !

MAÎTRE DELILLE.

J'aborde, maintenant, messieurs, le fond de l'affaire. Georges Du Hamel arrive d'Amérique avec sa maîtresse Cora ; il l'adore. A peine débarquée sur cette terre de France si longtemps rêvée, Cora se croit émancipée, se croit libre et dégagée de tous les liens qui l'attachent à son amant. Un séducteur émérite, le jeune Victor Mazilier, la fortifie dans ces idées, l'accable de promesses, fait briller à ses yeux un superbe avenir, enflamme une imagination facile à s'exalter et la décide à une rupture immédiate. Elle vient la signifier à Georges Du Hamel, qui reste d'abord interdit et ne peut croire à tant d'effronterie, de cynisme, de cruauté... Mais Cora est inflexible, brutale, inexorable. Il ne peut plus se faire d'illusion, elle va le quitter, passer dans les bras d'un autre ; il perd la tête et lui défend de sortir. Elle le brave, l'insulte. Alors il saisit une arme qui se trouvait sur la cheminée, une de ces armes que malheureusement, en Amérique, on a toujours sous la main, et il fait feu. Tirait-il sur elle ? mon Dieu ! je ne le sais pas et lui-même ne pourrait répondre à ce sujet. Il tire au hasard, devant lui, et la fatalité veut qu'elle soit atteinte. Voilà ce qui s'est passé, messieurs, rien de plus. Cette scène, je la vois et je vous la dépeins comme je . vois, tout simplement, sans éloquence, en homme convaincu, en honnête homme.

MARCELINE.

Oui, en honnête homme! oui, en honnête homme.

L'HUISSIER.

Silence!

MAÎTRE DELILLE.

Quant au vol, je ne comprends pas comment des esprits sérieux peuvent en soupçonner mon client. Quoi! messieurs, ne comprenez-vous pas que ce portefeuille, on le lui avait confié, qu'il en était le dépositaire, le gardien... et qu'en l'accusant de l'avoir soustrait, on se venge!... oui, on se venge! Ah! un homme ne concevrait pas une semblable vengeance, mais elle devait venir à l'esprit d'une femme comme celle-là, d'une femme qui mettait sa beauté au-dessus de tout au monde et à qui on a ravi cette beauté; d'une femme enfin qui n'a peut-être pas les idées bien saines, le cerveau bien lucide... Ah! plaise à Dieu que l'avenir ne me donne pas raison!... Je m'arrête, messieurs, je sais bien, je sens bien que vous venez d'absoudre mon client. Je ne vous en remercie pas; c'est un devoir que vous avez accompli. Mais dans un instant, cette mère, cette femme sublime qui est là, près de vous, qui pleure et vous tend les bras, vous demandant de lui rendre son fils bien-aimé, cette femme, dis-je, s'inclinera devant ceux qui, dans cette enceinte, représentent la justice et vous criera : Messieurs, vous avez été grands, vous avez été nobles, vous avez été justes, gloire à vous et merci!.. (*Il s'assied.*)

(*Rumeurs sympathiques dans l'auditoire.*)

MARCELINE.

Bravo! Bravo!

LE PRÉSIDENT.

Qu'on fasse sortir la personne qui trouble l'audience depuis si longtemps.

MARCELINE, *à l'Huissier qui s'avance, montrant Chatelard.*

C'est ce gros, monsieur!

TOUS, *ses voisins.*

Oui, oui! c'est lui!

L'HUISSIER, *réveillant Chatelard qui dormait.*

Monsieur, vous troublez l'audience!

CHATELARD.

Moi, moi... mais... je dormais.

L'HUISSIER.

Vous n'êtes pas ici pour dormir, sortez.

CHATELARD.

Monsieur l'huissier, au nom de la justice que je respecte, au nom de l'égalité que je vénère, je proteste.

L'HUISSIER.

Il ne s'agit pas de tout cela, voulez-vous sortir?

MARCELINE, *quand Chatelard passe auprès d'elle.*

De quoi vous plaignez-vous, c'est un incident d'audience et vous les aimez.

CHATELARD, *s'éloignant.*

Mon Dieu! non-seulement je n'ai pas déposé, mais on me met à la porte!.. Et ma fille me comtemple! (*Il sort à gauche troisième plan.*)

## SCÈNE VIII

LES PRÉCÉDENTS, *moins* CHATELARD.

LE PRÉSIDENT.

Le ministère public, veut-il répliquer à la plaidoirie du défenseur? (*L'Avocat général fait signe que non.*) L'accusé a-t-il quelque chose à ajouter pour sa défense?

GEORGES.

Non, monsieur le président.

LE PRÉSIDENT.

Les débats sont clos.

LE PRÉSIDENT (*Se tournant vers le Jury.*)

Messieurs les jurés, suivant monsieur l'avocat général qui s'en rapporte à l'acte d'accusation, le vol et la tentative d'assassinat s'enchaînent. L'accusé tire un coup de pistolet sur la demoiselle Cora parce qu'il vient de la voler et qu'il a peur d'être arrêté. Suivant le défenseur, au contraire, le vol n'à jamais existé que dans l'imagination maladive de la partie civile. Il ne s'agit que d'une querelle qui s'est terminée par un acte de violence. — Voici, messieurs les jurés, les questions auxquelles vous aurez à répondre : 1° l'accusé est-il coupable d'avoir, le 12 juin dernier, au Havre, commis avec préméditation une tentative d'assassinat sur la personne de la nommée Cora, tentative manifestée par un commencement d'exécution et qui n'a manqué son effet que par des circonstances indépendantes de la volonté de son auteur. 2° D'avoir en outre, le même jour, au même lieu, commis au préjudice de ladite Cora un vol à l'aide de violences ayant laissé des traces de blessures et de contusions? Je dois vous prévenir, messieurs les jurés, que si, après avoir reconnu l'accusé coupable, vous pensez qu'il existe en sa faveur des circonstances atténuantes, vous devez en faire la déclaration en ces termes : Oui, à la majorité il y a des circonstances atténuantes en faveur de l'accusé. Veuillez, messieurs les jurés, vous retirer dans la salle de vos délibérations.

(*Le Greffier remet aux Jurés un grand cahier imprimé. Ils se lèvent et sortent par le fond. Le Président, l'Avocat général et les Juges sortent aussi. On fait retirer Georges Du Hamel. Les Témoins et les Avocats se lèvent. Des conversations particulières s'engagent.*)

## SCÈNE IX

LES PRÉCÉDENTS, *moins les Jurés, l'Accusé et la Cour.*

MARCELINE, *à son voisin.*

Je ne voudrais pas souvent assister à des affaires comme celle-là. Il me pousse des cheveux blancs.

POTAIN, *à Mazilier.*

Victor!

MAZILIER.

Potain!

POTAIN.

Tu es silencieux.

MAZILIER.

C'est que je songe.

POTAIN.

A qui?

MAZILIER.

A Cora. C'est décidément une femme très-forte.

POTAIN.

Très-forte!

MAZILIER.

Il ne faudrait peut-être pas l'abandonner si nous nous fixons à Paris.

POTAIN.

C'est une idée.

MAZILIER.

En attendant je vais causer avec elle ; elle nous saura gré de braver ainsi l'opinion.

POTAIN.

Je te suis, Victor. (*Ils se rapprochent de Cora*).

CHATELARD, *entrebâillant la porte des témoins.*

Monsieur l'huissier?

L'HUISSIER.

Qu'est-ce qu'il y a? (*Il s'approche. La porte s'ouvre tout à fait. Chatelard paraît.*)

## SCÈNE X

LES PRÉCEDENTS, CHATELARD.

CHATELARD.

C'est moi, Chatelard.

L'HUISSIER.

Que voulez-vous ?

CHATELARD.

Je voudrais entrer pour voir la fin.

L'HUISSIER.

Ah ! c'est vous qui tout à l'heure avez troublé l'audience.

CHATELARD.

Je vous assure, monsieur l'huissier...

L'HUISSIER.

Promettez-vous de vous tenir tranquille?

CHATELARD, *avec solennité, étendant la main vers le tribunal.*

Je le jure, monsieur le président.

L'HUISSIER, *s'éloignant.*

C'est bien, entrez !

CHATELARD, *entrant dans la salle.*

Je n'ai pas déposé, mais j'ai prêté serment. C'est toujours ça. (*Il se mêle à un groupe.*)

MAÎTRE DELILLE, *à madame Du Hamel.*

Je vous assure, madame, que vous devriez suivre mon conseil... Votre place n'est pas ici, quittez cette audience et je vous promets de courir chez vous, aussitôt que le verdict sera rendu.

MADAME DU HAMEL.

Le verdict, dites-vous, vous ne croyez donc pas à l'acquittement?

MAÎTRE DELILLE.

Si, j'y compte. Mais mon devoir est de vous prémunir contre toutes les éventualités.

MADAME DU HAMEL.

Ah ! c'est affreux ! c'est affreux ! On ne saura jamais tout ce que j'ai souffert ! Et mon pauvre fils qui attend là, seul, seul !

SIMON, *dans le groupe dont Chatelard fait partie.*

A Paris ou dans le Midi l'accusé serait acquitté, mais en Normandie, on ne sait pas.

CHATELARD.

Est-ce à dire, monsieur, qu'à Rouen nous soyons des barbares?

SIMON.

Non, mais à Rouen, vous avez le sang calme, reposé. Vous êtes plus lymphatiques que sanguins et vous n'êtes pas aptes à comprendre et à excuser ces emportements de la passion qui peuvent faire tout d'un coup, d'un très-honnête homme, un criminel.

CHATELARD.

Et nous nous en félicitons, monsieur! Plût aux dieux que Paris et toutes les provinces de notre belle France ressemblassent à la douce Normandie.

CORA, *à Potain et à Mazilier qui l'entourent.*

Où voulez-vous que j'aille? Retourner dans mon pays pour y subir de nouveaux affronts... Y retourner défigurée... jamais!... Rester en province... je suis déjà célèbre, on me montrerai au doigt. A Paris seul je puis cacher ma honte. J'irai à Paris.

MAZILIER.

Alors je vous accompagnerai.

POTAIN.

Moi aussi puisque j'accompagne Victor.

CHATELARD, *parlant au fond avec sa femme et sa fille.*

Mais tu te trompes, Adélaïde, tu te trompes, ma petite Olympia, mon nom sera imprimé dans le journal... Je n'ai pas longuement déposé, mais j'ai dit quelque chose, j'ai même parlé du grand Corneille. (*On entend un coup de sonnette.*)

MAÎTRE DELILLE, *à madame Du Hamel.*

La délibération du jury est terminée.

MADAME DU HAMEL.

Enfin !... Mon Dieu ! ayez pitié de nous.

L'HUISSIER, *criant au fond.*

La Cour, messieurs. (*Les conversations particulières cessent, chacun reprend sa place. Les Jurés et la Cour regagnent leurs siéges.*)

## SCÈNE XI

LES PRÉCÉDENTS, LE JURY, MADAME DU HAMEL.

LE PRÉSIDENT, *au chef du Jury lorsque tout le monde est assis.*

Monsieur le chef du jury, veuillez faire connaître le résultat de votre délibération.

LE CHEF DU JURY, *se levant et la main placée sur son cœur.*

Sur mon honneur et ma conscience, devant Dieu et devant les hommes, la déclaration du jury est : sur la première question...

SIMON, *à ses voisins.*

Celle de l'assassinat.

LE CHEF DU JURY.

Oui, l'accusé est coupable. (*Rumeurs diverses.*) Sur la seconde question...

MAÎTRE DELILLE, *bas.*

Celle du vol.

LE CHEF DU JURY.

Non, l'accusé n'est pas coupable. (*Rumeurs diverses.*) A la majorité, il y a des circonstances atténuantes en faveur de l'accusé. (*Il se rassied. Grand silence.*)

LE PRÉSIDENT.

Faites comparaître l'accusé. (*Georges Du Hamel rentre et jette des regards interrogateurs autour de lui. Il comprend à l'air abattu de tous, que la réponse du Jury lui est défavorable ; il essaye de faire bonne contenance et gagne sa place.)*

## SCÈNE XII

LES PRÉCÉDENTS, GEORGES DU HAMEL.

MARCELINE.

Pauvre garçon ! Comme il est pâle !

LE PRÉSIDENT.

Greffier, donnez connaissance à l'accusé de la déclaration du jury.

DELILLE, *à madame Du Hamel, pendant que le Greffier, qui s'est avancé jusqu'au banc des accusés, lit à voix basse.*

Du courage, madame, du courage !... Une des questions est écartée, et il y a des circonstances atténuantes.

LE PRÉSIDENT, *lorsque le Greffier a fini.*

La parole est à monsieur l'avocat général.

L'AVOCAT GÉNÉRAL.

Vu la déclaration du jury, de laquelle il résulte que Georges Du Hamel est coupable d'avoir, au Havre, avec préméditation, commis une tentative d'assassinat sur la demoiselle Cora ; Plaise à la Cour de lui appliquer les articles 2, 296, 302 du Code pénal. (*Il se rassied.*)

LE PRÉSIDENT.

La Cour va en délibérer. Accusé, avez-vous quelque chose à dire pour votre défense ?

GEORGES.

Non, monsieur le président.

MAÎTRE DELILLE.

Je recommande mon client à l'indulgence de la Cour.

(*Le Président se lève et parle bas avec les Juges qui se sont levés aussi. Silence dans l'auditoire. Vive émotion.*)

POTAIN.

Victor ?

MAZILIER.

Potain ?

POTAIN.

Tu es ému ?

MAZILIER.

Parbleu ! Et toi ?

POTAIN.

Moi aussi. Si tu étais à la place des juges... Que feraistu ?

MAZILIER.

J'acquitterais Georges Du Hamel et je condamnerais Cora.

L'HUISSIER.

Silence !

LE PRÉSIDENT, *se couvrant de sa toque.*

La Cour : Vu la réquisition du procureur général. Attendu qu'il y a en faveur de l'accusé des circonstances atténuantes. Vu les articles 2, 296, 302, lesquels sont ainsi conçus : Article 2 : Toute tentative de crime qui aura été manifestée par un commencement d'exécution, est considérée comme le crime même. Article 296 : Tout meurtre commis avec préméditation ou guet-apens est qualifié : Assassinat. Article 302: Tout coupable d'assassinat, sera puni de mort. Article 463: La peine prononcée par la loi contre celui ou ceux des accusés, reconnus coupables, en faveur de qui le jury aura déclaré des circonstances atténuantes, sera modifiée ainsi qu'il suit : Si la peine prononcée par la loi est la mort, la Cour applique la peine des travaux forcés à perpétuité, ou celle des travaux forcés à temps. En conséquence, condamne Georges Du Hamel, à cinq années de travaux forcés et aux dépens.

MADAME DU HAMEL.

Ah ! Mon Dieu ! mon Dieu ! Mon fils ! mon fils !

(*Elle tombe évanouie. On s'empresse auprès d'elle. Rumeurs dans l'auditoire. Georges veut s'élancer vers sa mère. On le retient.*)

LE PRÉSIDENT, *continuant.*

Statuant sur les conclusions de la partie civile, le condamne à payer, dans le délai de trois mois, la somme de vingt mille francs, fixe à trois ans la durée de la contrainte par corps. Accusé, vous avez trois jours pour vous pourvoir en cassation contre l'arrêt que vous venez d'entendre. L'audience est levée.

GEORGES, *serrant la main de son défenseur et de Simon.*

Je vous recommande ma mère, messieurs.

(*Envoyant des baisers à madame Du Hamel, tandis que les gendarmes l'entraînent.*)

Adieu ! adieu ! et pardon pour le mal que je te cause.

FIN DU PREMIER ACTE

# ACTE DEUXIÈME

## DEUXIÈME TABLEAU

Un grand et riche cabinet de consultation chez un des premiers médecins de Paris. Grand bureau au milieu du théâtre. Cheminée à gauche. Porte à droite, au premier plan. Porte au fond. Chaises, auteuils, bibliothèque, dans un goût sévère.

---

## SCÈNE PREMIÈRE

LE DOCTEUR PAUL COMBES, VICTOR MAZILIER.

PAUL COMBES, *revenant du fond avec Mazilier, lui désignant un fauteuil et s'asseyant lui-même devant son bureau.*

Asseyez-vous-là, et dites-moi ce que vous éprouvez, malade imaginaire. Toujours ces diables de nerfs, sans doute?

MAZILIER.

Toujours, docteur.

PAUL COMBES.

Et avez-vous suivi mon dernier traitement?

MAZILIER.

Mais vous m'avez dit de ne rien faire.

PAUL COMBES.

Eh bien! vous n'avez rien fait? (*Voyant que Mazilier ne répond pas.*) Je devine; vous avez fait quelque chose? Entêté qui ne veut pas comprendre que les maladies de nerfs ne se traitent pas avec des remèdes, mais par l'hygiène, l'hygiène seul. (*Allant à la cheminée.*) Allons, je ne veux pas vous accabler plus longtemps, client prodigue ; vous me revenez, je vais tuer le veau gras pour vous... Et d'abord, avant de vous indiquer le genre de vie que vous devez suivre, dites-moi celui que vous suivez. Est-ce que vous demeurez tout à fait à Paris, maintenant?

MAZILIER.

Oui, docteur; j'ai quitté le Havre depuis tantôt huit ans. A la suite d'un procès en cour d'assises où j'ai été cité comme témoin, mon père qui trouvait son nom désagréablement mêlé à cette affaire, a voulu me tenir la dragée haute, très-haute... et ma foi, je suis venu me fixer ici.

PAUL COMBES.

Et de quelle façon passez-vous votre temps?

MAZILIER.

Je me lève entre midi et une heure.

PAUL COMBES.

C'est un peu tôt.

MAZILIER, *naïvement.*

Il faut bien déjeuner... Ensuite je fais quelques visites.

PAUL COMBES.

Dans le monde?

MAZILIER.

Pas précisément... Je me rends aux Champs-Élysées... ou au Bois.

PAUL COMBES.

A pied?

MAZILIER.

Non, en voiture.

PAUL COMBES.

Excellent exercice.

MAZILIER.

Je prends l'absinthe à Tortoni, je dîne au Cercle et je me rends chez Cora, ou plutôt chez madame De Champs.

PAUL COMBES.

Qu'est-ce que c'est que cette dame?

MAZILIER.

Vous ne le savez pas, vous, un de nos médecins les plus en renom ; vous qui connaissez tout Paris.

PAUL COMBES.

Madame De Champs m'échappe.

MAZILIER.

Eh bien! docteur, c'est une femme que j'ai inventée.

PAUL COMBES.

Voyez-vous cela.

MAZILIER.

Son petit hôtel de l'avenue de Neuilly, est aujourd'hui, grâce à moi, aussi connu que le Jockey, le Sporting ou le Bébé.

PAUL COMBES.

On y joue?

MAZILIER.

Toutes les nuits, mais de la façon la plus courtoise, entre gens du monde qui se connaissent.

PAUL COMBES.

Il y a cependant des femmes?

MAZILIER.

Pas une seule, à l'exception, bien entendu, de la maîtresse de la maison ; mais elle ne joue jamais. Ah! vous ne connaissez pas l'hôtel en question. Il faudra que je vous y conduise.

PAUL COMBES.

Grand merci. (*Il regagne sa place.*)

MAZILIER.

Vous avez tort, vous y rencontreriez plusieurs de vos clients, De Mézin, De Rives...

PAUL COMBES.

Ah! De Rives! Je croyais qu'il jouait à son cercle.

MAZILIER, *se levant.*

Il n'y joue plus ; la maison de madame De Champs est plus commode, plus discrète. On n'y reçoit pas d'admonestation du président, parce que la partie a été trop forte ; on n'est pas jugé sévèrement par ces vieilles gens qui n'ont plus de passions et qui blâment ceux qui en ont ; on n'est pas exposé à ce que les journaux parlent de vous et supputent vos gains : si l'on perd une somme importante, qu'on ne peut pas payer dans les vingt-quatre heures, on ne court pas les risques de l'affichage ; on s'arrange entre amis, en famille, loin des curieux, entre gens qui se comprennent et qui se soutiennent mutuellement parce qu'ils ont les mêmes vices.

PAUL COMBES.

Mais une maison comme celle dont vous parlez, court des risques... La police peut y faire une descente!

MAZILIER.

Pas le moins du monde. Ce n'est pas un établissement public, car on y est admis très-difficilement. Puis, ce qui est le grand point, le point essentiel, ce qui fait de cette maison une maison unique dans son genre, c'est qu'il n'y existe aucune espèce de cagnotte. Madame De Champs ne tire aucun profit de l'hospitalité qu'elle offre à ses amis et de l'autorisation qu'elle leur donne de s'amuser comme ils l'entendent ; chez elle, les joueurs ne sont frappés d'aucune redevance.

PAUL COMBES.

Alors, comment peut-elle subvenir à ses dépenses, comment vit-elle ?

MAZILIER.

Ses commensaux habituels, tous gens du monde, l'indemnisent d'une façon détournée et délicate de ses dépenses. Elle possède de telles sources de revenu, qu'après avoir suffi à l'entretien d'une maison admirablement montée, elle a pu, en huit ans, mettre de côté trois ou quatre cent mille francs.

PAUL COMBES.

Et c'est vous qui avez, suivant votre pittoresque expression, inventé cette femme-là.

MAZILIER, *au milieu.*

Oui, par amour de l'art... ou plutôt par amour de moi. Lorsque j'ai rencontré madame De Champs, j'avais beaucoup joué, beaucoup perdu, et acquis une expérience qui devait me servir le reste de ma vie. Dans un cercle, on ne fait pas ce qu'on veut, on est entouré de gros joueurs qui dirigent la partie ; par amour-propre on se laisse entraîner à les suivre et on perd. Chez Cora, au contraire, je règle mon jeu à ma fantaisie, j'étudie mes partenaires, je connais leur côté faible, je sais quels sont les coups qu'il faut tenir et ceux qu'il est prudent d'éviter. On apprend à jouer, cher monsieur, comme on apprend toutes choses, et pour qui sait tirer parti des leçons qu'il a reçues, la mauvaise fortune n'entre plus en ligne de compte dans les pertes d'un joueur expérimenté que pour un tiers ou un quart... Tel a été mon plan. J'ai fait la fortune de Cora, en lui donnant une idée, elle a fait la mienne en mettant cette idée en pratique. Nos intérêts sont étroitement unis, sans qu'il existe entre nous la moindre association, et sans que ma délicatesse ait à en souffrir.

PAUL COMBES.

Mais vous êtes son amant?

MAZILIER.

Personne n'est l'amant de Cora. C'est un bon camarade pour nous tous, un ami, voilà tout.

PAUL COMBES.

Elle est donc vieille ou laide?

MAZILIER.

Elle n'a pas trente ans et elle a été splendide.

PAUL COMBES.

Elle a été, dites-vous, et elle n'a pas trente ans? Pourquoi ce passé?

MAZILIER.

Parce qu'il y a huit ans, elle a reçu dans la partie inférieure du visage une balle de pistolet qui l'a un peu changée. Comprenez-vous?

PAUL COMBES.

Parfaitement.

MAZILIER.

Du reste, un voile de dentelle, harmonieusement ajusté avec la grâce créole, autour de sa tête, cache à ravir sa petite imperfection, et personne ne s'en douterait, si elle n'avait soin d'en parler à chaque instant, pour éloigner d'elle les amoureux.

PAUL COMBES.

Mais c'est un type que cette femme-là.

MAZILIER.

Vous l'avez dit. Un type très-curieux, que vous devriez étudier.

PAUL COMBES.

Bast! Elle n'est pas malade.

MAZILIER.

Eh! eh! On ne sait pas. Je lui trouve parfois dans les yeux quelque chose d'égaré.

(*On entend frapper à la porte du fond.*)

PAUL COMBES.

Bon! Voilà qui me rappelle que mon temps est compté, et que je n'ai pas le droit de m'éterniser avec vous, tout intéressant que vous soyez. (*Il va au fond. Un domestique qui paraît lui dit deux mots. Au domestique.*) C'est bien, dites à monsieur De Rives qu'il peut monter dans cinq minutes.

MAZILIER, *pendant que le domestique se retire.*

Monter! De Rives demeure donc dans la maison?

PAUL COMBES.

Juste au-dessous de moi. (*Rejoignant Mazilier.*) Ainsi pour nous résumer, votre genre de vie est déplorable. Je vous ordonne de vous lever de bonne heure, de prendre de l'exercice, et de ne plus jouer.

MAZILIER.

Ne plus jouer. Mais je n'en ai pas les moyens. Je ne suis pas encore d'âge à ne rien faire ; il faut que je travaille.

PAUL COMBES.

Vous appelez le jeu un travail ?

MAZILIER.

En doutez-vous ? Quoi ! s'asseoir tous les jours pendant six ou sept heures à la même table, devant les mêmes lampes, les mêmes abat-jour et les mêmes visages, placer des cartes à droite, à gauche et devant soi, n'entendre murmurer que des mots comme ceux-ci : « J'en donne, j'abats, je me tiens à cinq, j'ai huit, j'ai neuf, j'ai baccarat... » les murmurer de temps en temps soi-même comme diversion ; n'oser se lever lorsqu'on a des agacements dans les jambes, de peur de changer la veine qui vous est favorable ou de perdre sa main ; avoir sommeil et ne pouvoir dormir, mal à la tête et rester ferme à son poste ; recommencer le lendemain ce qu'on a fait la veille, sans relâche, sans prendre un jour de congé, sans avoir de vacances. Ah ! si vous n'appelez pas cela travailler, alors je ne m'y connais plus.

PAUL COMBES, *se levant.*

Eh bien ! si vous voulez continuer à travailler de la sorte, ne venez plus me voir, c'est inutile. (*Il sonne.*)

MAZILIER.

Mais docteur.

PAUL COMBES.

J'ai dit. (*Au domestique qui paraît.*) Faites entrer monsieur De Rives.

MAZILIER.

Quoi ! Vous ne me faites aucune ordonnance, vous ne me donnez rien à prendre ?...

PAUL COMBES.

Rien, absolument rien, que de l'air et de l'exercice.

MAZILIER.

Mais je suis perdu, alors.

PAUL COMBES.

Cela vous regarde.

(*De Rives entre.*)

## SCÈNE II

MAZILIER, PAUL COMBES, DE RIVES.

MAZILIER, *se dirigeant vers la porte, et serrant, au passage, la main de De Rives.*

Désolé de vous avoir fait attendre, cher monsieur, mais j'étais en consultation avec votre ami... Hélas ! il m'a ordonné des remèdes terribles !... Au revoir ; à ce soir, n'est-ce pas ? (*Se retournant vers Paul Combes.*) Merci, tout de même, docteur, mais j'aurais préféré une saignée ; c'eût été moins dur. (*Il sort.*)

## SCÈNE III

DE RIVES, *assis*, PAUL COMBES.

PAUL COMBES, *à De Rives, dès que la porte s'est refermée, et le rejoignant près de la cheminée devant laquelle il s'est assis.*

Ainsi, ce n'est plus au Cercle que tu passes tes nuits. C'est dans une maison de jeu... Ne nie pas... Ce fou, qui sort d'ici, m'a donné des détails complets ; et, tu es le père d'une grande fille, bonne à marier.

DE RIVES.

Ma fille n'est pas en cause ; n'a-t-elle pas auprès d'elle une amie dévouée, presque une sœur, et ma fatale passion peut-elle la compromettre en quoi que ce soit ? Sa fortune même n'est-elle pas en sûreté, et ne sais-tu pas, du reste, que je suis incapable d'y toucher?

PAUL COMBES.

Je le sais, mais je sais aussi que tes occupations t'empêchent de veiller sur ma filleule autant qu'il te faudrait, de lui consacrer tous tes soins.

DE RIVES.

Tu te trompes, je ne donne que mes nuits au jeu, la plus grande partie de mon temps appartient à Marcelle; elle est l'objet de ma constante sollicitude, et si tu me vois, en ce moment, dans ton cabinet, c'est que la dernière visite que tu m'as faite m'a alarmé, et que je désire avoir avec toi un entretien sérieux.

PAUL COMBES, *lui tendant la main.*

Je te retrouve. Parle...

DE RIVES, *se levant et allant au milieu.*

Que penses-tu de notre malade?... Ce n'est pas l'ami qui t'interroge, tu voudrais peut-être le ménager; c'est le client, qui a droit à ce que tu lui dises toute la vérité.

PAUL COMBES.

Eh bien! la vérité! la voici : La maladie, que j'ai cru autrefois reconnaître chez ta fille, a fait, depuis quelque temps, des progrès qui me surprennent. Je cherche, avec un grand intérêt, les causes qui ont pu déterminer divers symptômes que je remarque chez elle, afin de ne pas être obligé de convenir que je me suis trompé, en niant, jusqu'à ce jour, la transmission de certains germes, l'hérédité de certaines maladies.

DE RIVES.

Comment?... Tu penses?

PAUL COMBES.

Je pense simplement que madame De Rives est morte d'une hypertrophie du cœur, et je suis obligé de constater chez sa fille, des palpitations, de légers crachements de sang qui n'indiquent pas l'hypertrophie d'une façon absolue, mais qui en sont parfois les symptômes.

DE RIVES.

Mon Dieu ! Que m'apprends-tu là ?

PAUL COMBES.

Rien qui te doive sérieusement alarmer. L'affection dont je parle, si toutefois Marcelle en est atteinte, et je ne l'affirme nullement, peut facilement se combattre si on la préserve de toute émotion violente.

DE RIVES, *passant à droite.*

Alors, ma fille est sauvée ! Quelles émotions pourraient l'atteindre ? Je m'appliquerai à lui rendre la vie facile et douce.

PAUL COMBES.

T'y es-tu appliqué jusqu'à ce jour ?

DE RIVES.

Sans aucun doute.

PAUL COMBES.

Tu en es certain ?

DE RIVES.

Ces questions me blessent. Qu'est-ce qui te fait supposer que ma fille n'est pas heureuse auprès de moi ?

PAUL COMBES.

Je ne suppose rien : je cherche à m'éclairer ; (*mouvement de De Rives*) c'est mon droit, c'est mon devoir. J'ai écouté avec soin, le cœur de ta fille, mais j'ai surtout essayé d'y lire. Eh bien ! je puis t'assurer qu'elle souffre d'un mal inconnu et que sa douleur est d'autant plus vive qu'elle la cache à tous les yeux.

DE RIVES.

Alors, tu persistes dans ton idée : elle aime ce jeune homme qui demeure, avec sa mère, dans ce pavillon isolé, au fond de notre cour.

PAUL COMBES.

Cette idée est maintenant tout à fait enracinée dans mon esprit.

DE RIVES.

C'est à peine si elle le connaît.

PAUL COMBES.

Je te demande pardon, elle a fait, avec sa gouvernante, plusieurs visites à madame Gérard et elle a, chaque fois, rencontré son fils ; mistress Dorwon, malgré son mutisme habituel, s'est confessée à ce sujet.

DE RIVES.

Ces visites n'ont pas suffit pour...

PAUL COMBES.

Permets. Fais la part de l'isolement dans lequel se trouve mademoiselle De Rives, du mérite très-réel de monsieur Gérard — mérite vraiment hors ligne, je te l'ai dit, — de son existence un peu mystérieuse qui ne ressemble pas à la nôtre et qui a pu frapper l'imagination d'une jeune fille.

DE RIVES.

Soit! j'y consens... Cet amour existe... Eh bien! que faire? Puis-je me rendre auprès de madame Gérard pour lui dire : Ma fille aime votre fils; voulez-vous qu'ils se marient?... Puis-je obliger mes deux voisins à sortir de leur réserve? Ne m'as-tu pas dit toi-même que monsieur Georges Gérard s'était prononcé, un jour, devant toi, au sujet du mariage, et qu'il avait déclaré qu'il ne se marierait jamais?

PAUL COMBES.

Sans doute, mais il y a une année de cela.

DE RIVES.

Eh bien?

PAUL COMBES.

Aujourd'hui, il peut penser autrement, car je suis persuadé qu'il aime ta fille.

DE RIVES.

Mais, c'est impossible... Il aurait essayé de la voir. Pourquoi fuirait-il une jeune fille de dix-huit ans, jolie, charmante, qu'il aime et qui paraît l'aimer? Ne m'as-tu pas dit toi-même que, depuis deux mois, il était en voyage?

PAUL COMBES.

Il revient aujourd'hui. J'ai reçu une lettre de sa mère ; elle m'annonce leur visite dans la journée. J'explique ce voyage et ce retour de la façon suivante : Georges Gérard ayant pour le mariage, une aversion instinctive, a voulu fuir la fille ; mais, il a trop souffert et il est revenu. Quant à Marcelle, je te ferai remarquer que son mal s'est aggravé depuis le départ de son voisin.

DE RIVES.

Tu crois?

PAUL COMBES.

J'en suis sûr !... En veux-tu la preuve? Fais monter ma filleule ici, et devant toi, je vais lui annoncer le retour de monsieur Gérard, tu verras l'effet que je produirai.

DE RIVES.

Soit ! mais je n'ai pas besoin de la faire monter, je lui ai donné rendez-vous chez toi. Tiens ! on a sonné, c'est sans doute elle. Dis de faire entrer, je te prie.

PAUL COMBES.

Inutile, mon domestique te sait avec moi. La voici.

## SCÈNE IV

PAUL COMBES, DE RIVES, MARCELLE, MISS DOWSON.

PAUL COMBES, *allant à la rencontre de Marcelle, qui, la figure pâle et languissante, s'avance, appuyée sur Miss Dowson.*

Eh bien ! chère enfant, nous venons donc faire une visite à notre docteur ordinaire, et à notre parrain. C'est gentil. (*A miss Dowson.*) Bonjour, miss Dowson.

MISS DOWSON.

Bonjour, docteur.

PAUL COMBES.

Vous allez bien?

MISS DOWSON.

Très-bien, je vous remercie.

PAUL COMBES, *à Marcelle.*

Prenez mon bras et venez vous installer dans ce fauteuil. (*Elle s'assied à gauche, près de la cheminée.*) Est-ce que vous ne vous sentez pas plus forte?

MARCELLE.

Mais si, docteur, mais si. Je me trouve très-bien; je ne sais pas pourquoi on veut me faire passer pour malade.

PAUL COMBES.

Personne n'a cette idée-là. Malade, vous, pas le moins du monde. Vous n'avez aucune maladie et c'est ce que je disais à l'instant même à votre père qui s'inquiète pour la moindre des choses.

MARCELLE, *tendant la main à monsieur De Rives.*

Cher père.

PAUL COMBES.

Seulement, pour être tout à fait juste, j'ajouterai que vous lui donnez bien quelques sujets d'inquiétude.

MARCELLE.

Moi?... lesquels?

PAUL COMBES.

Vous qui aimiez tant autrefois à sortir, à faire des emplettes le matin, un tour au bois, dans l'après-midi, vous passez des journées entières dans votre chambre, n'est-ce pas, miss Dowson?

MISS DOWSON, *assise au milieu.*

En effet.

MARCELLE.

A quoi bon sortir?

PAUL COMBES.

C'est excellent pour la santé!

MARCELLE.

Ah! ma santé!

DE RIVES.

Toi qui aimais la toilette et t'occupais des modes nouvelles, regarde-toi. (*Il montre la glace placée sur la cheminée.*)

MARCELLE.

Ne suis-je donc pas convenable?

DE RIVES.

Certainement; mais tu étais plus que convenable autrefois.

PAUL COMBES.

Vous étiez élégante; n'est-ce pas, miss Dowson?

MISS DOWSON.

Très-élégante.

MARCELLE.

Je ne vois aucune nécessité à être élégante. Pour qui le serais-je?

PAUL COMBES.

Mais pour nous; est-ce que nous n'en valons pas la peine?

MARCELLE.

Vous n'y tenez pas!

DE RIVES.

Pardon! j'y tiens, chère enfant, ne serait-ce que par amour-propre; pour qu'on remarque ma fille.

MARCELLE.

Je ne désire pas être remarquée.

PAUL COMBES.

Vos pauvres mêmes, vos pauvres dont vous preniez autrefois tant de soin, pour qui vous veniez chaque matin me demander quelque remède, c'est à peine si vous vous occupez d'eux aujourd'hui.

MARCELLE.

Pardon, docteur, miss Dowson leur a remis des effets et de l'argent de ma part ; n'est-ce pas, miss Dowson?

MISS DOWSON.

Oui, mais cela ne suffit pas

PAUL COMBES.

En effet. Est-ce qu'il ne faut pas apporter soi-même ses aumônes, les répartir avec intelligence? Que sont devenus tous ces beaux projets que vous formiez avec madame Gérard et dont elle me parlait sans cesse; vous y avez renoncé?

MARCELLE, *vivement.*

Ce n'est pas moi qui y ai renoncé, c'est madame Gérard, puisqu'elle est partie.

PAUL COMBES.

Pour quelque temps seulement et avec l'espoir que vous la remplaceriez pendant son absence.

MARCELLE.

Mais son absence se prolonge tellement.

MISS DOWSON.

Deux mois.

PAUL COMBES.

Deux mois à peine.

MARCELLE.

Jusqu'à présent, mais rien ne dit...

PAUL COMBES.

Qu'elle reviendra... Pardon... elle revient.

MARCELLE, *vivement.*

Vous en êtes sûr?

PAUL COMBES.

Elle m'a écrit...

MARCELLE, *se levant.*

Ah! (*Essayant de se modérer.*) Et quand revient-elle?

PAUL COMBES.

Aujourd'hui; peut-être, pendant que nous causons ici, entre-t-elle dans son pavillon.

DE RIVES.

J'ai entendu, tout à l'heure, une voiture dans la cour.

PAUL COMBES.

C'est la sienne, sans aucun doute.

MISS DOWSON.

Evidemment.

MARCELLE.

Je ne verrai pas davantage madame Gérard, parce qu'elle sera revenue à Paris; elle ne m'a pas rendu mes dernières visites.

PAUL COMBES.

Je crois qu'elle a l'intention de vous les rendre le plus vite possible.

MARCELLE.

Qu'est-ce qui vous fait croire cela?

PAUL COMBES.

Une de ses lettres où elle me parle justement de vos pauvres.

MARCELLE, *vivement*.

Et de moi?

PAUL COMBES.

Certainement, de vous, n'êtes-vous pas son associée, sa collaboratrice? Elle vient de faire avec son fils un voyage en Belgique, et dans ce pays où la charité est comprise d'une façon très-intelligente, ils ont recueilli différentes notes qu'ils ont le projet de vous soumettre.

MARCELLE.

Mais je suis toujours chez moi, ils me trouveront.

DE RIVES.

Tu ne reçois plus depuis deux mois. N'est-ce pas, miss Dowson?

MISS DOWSON.

En effet. Nous vivons dans la retraite la plus absolue.

MARCELLE.

Je ne reçois pas les indifférents, mais du moment qu'il s'agit de mes pauvres...

PAUL COMBES.

Du reste, si ces notes vous offrent quelque intérêt, il y a peut-être un moyen de ne pas attendre la visite de madame Gérard. A peine arrivée, elle doit, m'écrit-elle, monter chez moi. Trouvez-vous ici, dans une demi-heure, et vous la verrez. N'est-ce pas, De Rives?

DE RIVES.

Parfaitement!

PAUL COMBES.

Et vous, miss Dowson, vous n'avez rien à dire contre cette proposition?

MISS DOWSON.

Je l'approuve, au contraire

MARCELLE.

Alors... je vais descendre... Venez-vous, miss Dowson?

PAUL COMBES.

Comment, descendre... puisque c'est ici.

MARCELLE.

Vous m'avez dit que ma toilette n'était pas assez soignée, je vais en changer. (*Très-gaiement.*) J'ai été très-sensible au reproche, mon cher parrain, et je ne veux plus le mériter. Au revoir, docteur, à tout à l'heure. (*Tendant son front à son père.*) Au revoir, père... Venez donc, miss Dowson.

PAUL COMBES.

Miss Dowson ne peut pas vous suivre. Vous allez... vous allez... Attendez donc, pour prendre son bras.

MARCELLE, *sortant.*

Je n'en ai pas besoin. Je n'en ai pas besoin.

MISS DOWSON.

Adieu, docteur. (*Elles sortent par le fond.*)

## SCÈNE V

PAUL COMBES, DE RIVES.

PAUL COMBES, *se retournant vers De Rives.*

Est-ce que je me trompais? Nies-tu encore qu'elle l'aime?

DE RIVES.

Non. Je ne le nie plus.

PAUL COMBES.

Eh bien! je te le dis, après y avoir mûrement réfléchi; dans l'état de santé de ta fille, si l'amour qu'elle ressent pour monsieur Gérard devait être malheureux, je ne réponds pas d'elle.

DE RIVES.

Que dis-tu?

PAUL COMBES, *lui prenant les mains.*

Pour oser parler ainsi à un père, il faut que je sois bien convaincu.

DE RIVES.

Mais, que faire, alors? que faire? Les obstacles à ce mariage ne viennent pas de moi; tu réponds de ce jeune homme, toi en qui j'ai une entière confiance, tu dis l'avoir étudié depuis trois ans et n'avoir rien au monde à lui reprocher. Cela me suffit. Mais les difficultés viennent de sa mère et de lui.

PAUL COMBES.

Il faut les vaincre.

DE RIVES.

Aux prix de quelles démarches? Ah!... en ce moment, je ne suis plus joueur, je suis redevenu père.

PAUL COMBES.

Je n'ai jamais douté de toi; mais tu ne dois faire aucune

démarche, tu ne peux compromettre ta dignité; moi seul, puis agir, m'y autorises-tu?

DE RIVES.

De tout mon cœur. Agis comme tu l'entendras. Toutes les convenances sociales doivent s'effacer devant le malheur qui nous menace.

PAUL COMBES.

Bien. (*A un domestique qui paraît au fond.*) Que voulez-vous?

LE DOMESTIQUE.

Madame Gérard et son fils font demander si monsieur peut les recevoir?

PAUL COMBES.

Oui, faites entrer... (*A De Rives.*) Salue, échange deux mots, laisse-moi seul avec eux et envoie-moi ta fille dans un quart d'heure.

DE RIVES, *lui serrant la main.*

Merci!... merci!...

## SCÈNE VI

DE RIVES, PAUL COMBES, MADAME GÉRARD, GEORGES.

DE RIVES, *se dirigeant vers la porte du fond pour sortir, à Georges qu'il rencontre, tandis que le docteur rejoint madame Gérard.*

Enchanté de vous voir, mes chers voisins. Vous avez fait un bon voyage?

GEORGES.

Excellent, monsieur.

DE RIVES.

Nous avons souvent parlé de vous et nous sommes très-heureux de votre retour. (*Georges s'incline froidement et en silence, puis De Rives salue madame Gérard et sort.)*

## SCÈNE VI

PAUL COMBES, MADAME GÉRARD, GEORGES.

MADAME GÉRARD, *au Docteur.*

Nous avons voulu, docteur, que notre première visite fût pour vous. Lorsque nous sommes partis, mon fils et moi, j'étais encore trop souffrante pour vous remercier, comme il convenait, des soins que vous m'avez prodigués pendant ma longue maladie, mais aujourd'hui nous tenons à vous exprimer toute notre reconnaissance.

PAUL COMBES.

Le meilleur moyen de me la prouver, c'est de ne plus en parler; j'ai essayé de vous témoigner, à tous deux, la sympathie que vous m'inspiriez, voilà tout. Causons de choses plus graves et causons vite, car l'heure de ma seconde consultation approche. J'entre en matière avec ma brusquerie habituelle. Elle ne vous étonnera pas, vous me connaissez. (*Il s'assied devant un bureau à droite, madame Gérard s'assied à gauche, Georges se tient debout près d'elle.*) J'ai osé, autrefois, aborder avec vous, un sujet délicat; il s'agissait de rêves que j'avais formés, de l'intérêt exceptionnel que je portais à une jeune fille, de projets de mariage en un mot, que j'avais conçus, seul, sans consulter les intéressés. A ces ouvertures, vous avez répondu par une fin de non-recevoir votre opinion s'est-elle modifiée?

MADAME GÉRARD.

Mais...

GEORGES.

Elle ne peut se modifier, ma mère.

PAUL COMBES, *se tournant vers Georges.*

Même si, me fiant à votre honneur, monsieur, certain que vous ne profiteriez jamais de la confidence que je vais vous faire, je poussais l'indiscrétion, le mépris des convenances jusqu'à oser vous dire :... Vous êtes aimé!

GEORGES, *vivement.*

Ah! monsieur, dites-vous vrai?

PAUL COMBES.

Vous le voyez, vous aussi, vous aimez!

GEORGES.

Mais je n'ai pas dit...

PAUL COMBES.

Qu'importe, si j'ai compris.

GEORGES.

Dites plutôt : Qu'importe cet amour, puisque...

PAUL COMBES.

Je sais ce que vous allez me répondre, mais ce n'est pas de cela qu'il s'agit. Ce n'est plus l'ami de la famille De Rives qui vous parle ; c'est le parrain de mademoiselle Marcelle, le médecin, l'homme de science si vous voulez. Il ne sera plus question entre nous, de mariage, mais de maladie, mais de mort.

GEORGES.

De mort!

PAUL COMBES.

Mademoiselle De Rives est dans un état de santé qui m'alarme. Les émotions qu'elle a éprouvées dans ces derniers temps, ont développé en elle une maladie de cœur, dont elle guérirait en quelques semaines, si l'espoir lui revenait, si le ciel lui souriait, mais qui peut aussi l'enlever à ses amis, si sa vie continue à être agitée, si elle continue à souffrir.

GEORGES, *vivement au docteur.*

Mais taisez-vous donc! taisez-vous donc? Ne voyez-vous pas que vous me torturez inutilement. (*Se tournant vers madame Gérard.*) Ah! parlez-lui, ma mère, parlez-lui, dites-lui...

4

MADAME GÉRARD.

Je lui dirai que la maladie de mademoiselle De Rives nous créé de sérieux devoirs; tu n'as plus le droit aujourd'hui de la fuir, comme tu viens de le faire, puisque ton départ, ton absence peuvent la tuer. Tu resteras ici, prêt à témoigner, comme autrefois, à votre chère malade, docteur, les respects dont elle est digne. Le mal dont elle souffre, diminuera peut-être, la santé lui reviendra avec le repos et l'espoir, et alors lorsqu'elle sera guérie, lorsqu'elle sera plus forte et plus vaillante...

PAUL COMBES.

Vous verrez ce qu'il convient de faire. C'est tout ce que je demande, tout. Guérissons-la d'abord, parbleu, et pour commencer, je vais vous mettre tous les deux en présence.

GEORGES, *très-vivement*.

Où? Quand?

PAUL COMBES, *montrant la porte latérale de droite*.

Là. (*Il cherche un papier sur son bureau.*)

GEORGES, *bas sa mère, dont il presse la main à la dérobée*.

Oh! mon Dieu! Mais songes-tu aux conséquences de de tout ceci, à l'avenir.

MADAME GÉRARD.

Je ne veux pas y songer. Ah! Qui m'inspirera? qui me donnera un conseil?

UN DOMESTIQUE, *au fond*.

Monsieur Delille demande à voir monsieur.

PAUL COMBES.

C'est bien. Faites entrer.

MADAME GÉRARD, *à elle-même*.

Monsieur Delille. Serait-ce? Et moi qui demandais un conseil!

PAUL COMBES, *à Georges et à sa mère.*

Allons! On vous attend de l'autre côté, et j'ai besoin de mon cabinet. (*Il les conduit vers une porte latérale. Au moment où il va l'atteindre, le domestique reparaît, il est suivi de maître Delille. S'adressant au domestique* :) Qu'y a-t-il encore?

LE DOMESTIQUE, *lui remettant une lettre.*

Une lettre très-pressée.

PAUL COMBES, *jetant les yeux sur la lettre.*

Je crois bien... pas une minute à perdre... (*Allant vers Delille*). Je suis appelé auprès d'un de mes clients pour un cas des plus graves. Veuillez m'excuser et m'attendre un quart-d'heure, je ne vous demande pas davantage.

MAÎTRE DELILLE.

Allez, docteur, allez et prenez votre temps. (*Souriant.*) Je ne suis pas en danger de mort, je puis attendre votre retour.

PAUL COMBES, *prenant son chapeau.*

Vous trouverez des journaux là sur cette table.

MAÎTRE DELILLE.

Merci, merci; ne vous occupez pas de moi... (*Pendant cette fin de scène, madame Gérard a laissé sortir Georges à droite et est restée près de la porte. Lorsque Paul Combes a disparu, elle s'avance dans le cabinet.*)

## SCÈNE VIII

MADAME GÉRARD, MAITRE DELILLE.

MADAME GÉRARD, *à maître Delille qui, en la voyant, s'est levé et salue.*

Puisque le docteur a été obligé de vous laisser seul, monsieur, permettez à une de ses amies, qui a eu autrefois l'honneur de se rencontrer avec vous, de vous tenir, un instant, compagnie. Vous ne me reconnaissez sans doute pas, monsieur ?

MAÎTRE DELILLE.

Non, madame, j'avoue...

MADAME GÉRARD.

Ce n'est pas étonnant, personne ne me reconnaît. En huit ans j'ai vieilli de plus de trente années. Je suis maintenant une vieille femme. J'ai les cheveux tout blancs.

MAÎTRE DELILLE.

Vous avez conservé, madame, un sourire qui m'a autrefois frappé et que je ne saurais oublier. Si je ne me rappelle pas, au juste, qui vous êtes, il faut m'excuser, j'ai vu tant de monde, dans ma longue carrière ; mais, je me souviens parfaitement de vous avoir connue, et dans une circonstance grave, si je ne me trompe.

MADAME GÉRARD.

Bien grave, en effet, monsieur. Je venais vous demander de défendre devant les assises de la Seine Inférieure, mon fils, mon unique enfant, accusé de tentative d'assasinat et de vol.

MAÎTRE DELILLE, *se levant vivement, et prenant les mains de madame Gérard.*

Vous êtes madame Du Hamel ?

MADAME GÉRARD.

Pour vous, oui ; pour les autres je me nomme madame Gérard.

MAÎTRE DELILLE, *après avoir contemplé un instant avec attendrissement madame Gérard.*

Ah ! malheureuse femme, malheureuse mère !... Comme je vous ai plainte souvent ! Si je me souviens de vous... Tenez, maintenant que je ne plaide plus, maintenant que je puis vivre un peu dans le passé, il m'arrive parfois de relire les anciens procès où j'ai figuré. Celui de votre fils me passait dernièrement sous les yeux. Je revoyais la cour d'assises, les jurés, les juges, l'avocat général ; je vous voyais assise à quelques pas de cette misérable créature, cause de tous vos malheurs; j'entendais encore le cri déchirant que vous avez poussé lorsqu'on a prononcé cette condamnation terrible. Cinq ans de travaux forcés, pour un moment d'emportement! Car il n'y avait pas autre chose. Je l'ai dit après l'audience à qui voulait m'entendre; je l'ai répété mille fois, je le répète encore!

MADAME GÉRARD.

Merci! merci! monsieur...

MAÎTRE DELILLE.

Pauvre jeune homme! Jamais client ne m'a inspiré tant de sympathie. J'ai pleuré, voyez-vous, de n'avoir pu le sauver. Ah! sous notre robe d'avocat, il y a plus de cœur qu'on ne croit. Le public se dit : « Il est éloquent pour convaincre le jury, il pleure pour le toucher; il n'est pas vraiment ému, ses larmes sont feintes... » Comme on se trompe souvent, mon Dieu! et comme il nous arrive pendant les assises, de verser de vraies larmes... Mais, dites-moi, il n'a pas subi sa condamnation, j'imagine. Vous avez obtenu sa grâce, ou tout au moins une commutation de peine.

MADAME GÉRARD.

Non...

MAÎTRE DELILLE.

On vous a refusé!... Pourquoi n'êtes-vous pas venue me trouver?

MADAME GÉRARD.

J'ai songé, mon cher maître, à m'adresser à vous, mais mon fils m'a supplié de n'en rien faire. Il a voulu subir sa peine tout entière. « Je veux, m'a-t-il dit, m'acquitter envers la société, que j'ai offensée, en cédant à un mouvement irréfléchi. Elle m'a condamné à cinq ans de travaux forcés, je ferai ces cinq années, mais ensuite, je serai quitte envers elle, personne n'aura le droit de me reprocher ma faute.

MAÎTRE DELILLE.

Encore des illusions de jeunesse. Votre fils doit être aujourd'hui revenu de son erreur. On n'est jamais quitte envers la société, lorsqu'on a eu le malheur d'encourir certaines condamnations. A côté des peines, pour ainsi dire, légales, il existe des peines dites accessoires, qui sont la conséquence des premières, et que les magistrats n'ont même pas besoin de prononcer. L'article 47 du Code pénal ne dit-il pas : « Les coupables condamnés aux travaux forcés à temps, à la détention et à la réclusion, seront, de plein droit, après qu'ils auront subi leur peine, et pendant toute leur vie, sous la surveillance de la haute police. »

MADAME GÉRARD, *après un moment de silence.*

Mon fils s'est soustrait à cette surveillance.

MAÎTRE DELILLE.

Comment a-t-il fait? Je ne comprends pas.

MADAME GÉRARD.

Au moment de sa mise en liberté, on lui a donné une feuille de route, réglant un itinéraire dont il ne pouvait s'écarter, et lui fixant un lieu de résidence qu'il ne devait jamais quitter.

MAÎTRE DELILLE.

Oui, eh bien !

MADAME GÉRARD.

Il ne s'est pas rendu au lieu de sa résidence; il a changé de nom pour faire perdre ses traces, et il est venu se fixer avec moi, à Paris.

MAÎTRE DELILLE.

A Paris, que vous avez habité longtemps l'un et l'autre ; vous n'avez pas craint d'être reconnus ?

MADAME GÉRARD.

Qui aurait pu nous reconnaître, monsieur? Avant de passer cinq années à Toulon, Georges avait longtemps vécu, vous le savez, en Amérique; il avait quitté Paris à vingt ans, il y revenait à trente. Dix années, pendant lesquelles le visage subit une sorte de transformation, les traits se développent. On était un adolescent, presque un enfant, on devient un homme. Puis, les terribles émotions par lesquelles il a passé, ses deux dernières années en Amérique, auprès de cette femme adorée et détestée, son procès, sa condamnation, cinq années de souffrances morales et physiques, incessantes, terribles. Les insomnies, la mauvaise nourriture, les travaux les plus durs, dans l'arsenal, dans le port. Ah! monsieur, de telles douleurs, de telles privations, de telles souffrances changent un homme, je vous assure, donnent à sa physionomie un tout autre caractère et le rendent méconnaissable. (*Madame Gérard ne peut plus contenir son émotion et pleure. Maître Delille lui serre la main en silence et reprend au bout d'un instant.*)

MAÎTRE DELILLE.

Votre fils vous a été rendu. Vous voilà réunis maintenant; êtes-vous heureux?

MADAME GÉRARD, *essuyant ses larmes.*

Nous l'étions, nous vivions calmes, tranquilles, dans une solitude complète, loin des indiscrets et des curieux, plus cachés, plus ignorés dans Paris, que nous ne l'aurions jamais été dans une ville de province, nous félicitant du parti que nous avons pris, lorsque... Ah! monsieur, donnez-moi un conseil; je n'ai personne à qui le demander, et j'ai pensé à vous, dont j'ai eu tant à me louer, dont la discrétion m'est connue, à vous qui m'avez plainte, qui nous avez aimés et que nous aimons.

MAÎTRE DELILLE.

Parlez! Je suis tout à vous.

MADAME GÉRARD, *après un instant de silence.*

Mon fils est aimé et il aime! oui, il aime; quoi de plus naturel : L'amour n'attire-t-il pas l'amour? Il aime avec toute l'ardeur d'un cœur encore jeune, qui n'avait pas battu pendant huit années, qu'une passion malsaine avait autrefois rempli, et qui s'est laissé toucher par des séductions nouvelles pour lui, ignorées jusqu'à ce jour : la bonté, le charme, la grâce, la distinction, l'ingénuité. Il a longtemps résisté à cet amour; il est maintenant à bout de forces; je le crois vaincu. Que faire? Fuir de nouveau? mais il s'agit de son avenir, de son bonheur. Après avoir tant souffert, ne mérite-t-il pas, enfin, d'être heureux? Il s'agit peut-être aussi de sa vie, en tous cas, de l'existence de celle qu'il aime. Doit-il, au contraire, mettre sa main dans la main qui se tend vers lui et se marier? Le peut-il? Dire son passé, c'est mettre une barrière infranchissable entre elle et lui. Ne pas le dire ; s'il arrivait un jour qu'on l'apprît!

MAÎTRE DELILLE.

Oui, c'est grave! Mais avant toutes choses, avant de nous occuper du mariage, au point de vue moral, ne devons-nous pas examiner le côté pratique de la question? L'extrait de naissance de votre fils, votre contrat de mariage, l'acte de décès de votre mari, apprendront à tous que vous vous appelez Du Hamel, et vous me dites avoir, par prudence, changé de nom.

MADAME GÉRARD.

Celui que nous portons maintenant, que j'ai pris après l condamnation de mon fils, est le seul qui nous appartienne légitimement, légalement. Mon mari, à l'époque où il dépensait, à Paris, une fortune assez considérable, qu'il a refaite ensuite en Amérique, vivait dans un monde élégant, vaniteux, titré, où son nom bourgeois sonnait assez mal ; aussia se crut-il obligé d'y ajouter celui de Du Hamel, qu'il trouva dans un vieux parchemin de famille. Peu à peu, comme il arrive souvent, le premier nom disparut et il ne resta que le second, qu'il me fit prendre l'habitude de porter et plus tard de faire porter à mon fils. Mais, je le répète, il ne nous appartient pas, et nous nous sommes empressés de le quitter et de revenir à notre véritable nom, heureusement oublié depuis longtemps.

MAÎTRE DELILLE.

Alors, l'obstacle matériel disparaît. Examinons la question au point de vue moral. D'une part : un danger sérieux, menaçant, certain, le bonheur de deux personnes en jeu, leur existence compromise ; de l'autre...

**MADAME GÉRARD**, *apercevant Georges qui paraît à droite, et courant à lui.*

Georges !... Georges !... regarde, c'est ton défenseur, c'est maître Delille.

**GEORGES**, *avec joie.*

Ah !... (*Il fait un pas et s'arrête tout à coup.*)

**MAÎTRE DELILLE.**

Eh bien ! (*Allant à lui et lui tendant les bras.*) Puisque vous ne venez pas à moi, je vais à vous.

**GEORGES**, *s'élançant dans ses bras.*

Ah ! monsieur !... monsieur !... merci ! (*Il fond en larmes. La toile tombe.*)

FIN DU DEUXIÈME ACTE

# ACTE TROISIÈME

## TROISIÈME TABLEAU

Un salon très-riche chez Cora, dans l'avenue de Neuilly. Au milieu une table ; des deux côtés de la table, deux petits canapés. A gauche, premier plan, une cheminée ; à droite, en face, porte vitrée. Des meubles confortables, des tapis, des candélabres allumés sur la cheminée. Au fond on aperçoit un second salon avec deux tables recouvertes d'un tapis vert et éclairées par des lampes, avec abat-jour. Des portières qu'on lève et baisse à volonté séparent le premier salon, c'est-à-dire la scène, de cette seconde pièce.

---

### SCÈNE PREMIÈRE

CORA, MAZILIER, DE MÉZIN, POTAIN.

(*Cora est assise au milieu du salon, et cause avec les différents personnages de cette scène. Au lever du rideau, un domestique entre avec un plateau sur lequel se trouve un riche service à thé.*

CORA, *en préparant le thé.*

Savez-vous, messieurs, que c'est fort aimable à vous de rester à mes côtés, lorsque là-bas... (*elle montre le salon du fond*) une partie est déjà commencée.

POTAIN.

Ne me remerciez pas, chère madame, ne me remerciez pas, je suis toujours très-gracieux avec les femmes ; tel j'étais au Havre, il y a huit ans, tel je suis à Paris, aujourd'hui.

DE MÉZIN, *à Cora.*

Ne vous étonnez pas de nous voir auprès de vous ; gardez

votre surprise pour le moment où nous commettrons la faute de vous quitter afin de satisfaire nos vices.

CORA.

Flatteur! (*A Victor Mazilier qui sort du fond et arpente la scène en se livrant à une pantomime animée.*) Mazilier, qu'avez-vous donc?

MAZILIER, *continuant sa promenade.*

Ne faites pas attention, ne faites pas attention; je suis mon traitement.

CORA.

Quel traitement?

MAZILIER, *marchant vivement vers Cora, et s'arrêtant court.*

Le docteur Combes m'a déclaré que je ne guérirais jamais si je continuais à m'asseoir toutes les nuits à une table de jeu. Eh bien! je ne m'assieds pas, je joue en marchant. lorsqu'il y a un coup à tenir, j'accours, je dis: banco; je repars, puis je reviens pour voir si j'ai gagné ou perdu. Je suis devenu un joueur ambulant. De cette façon ma santé et mes passions vivent dans un accord parfait, et le jeu m'est hygiénique.

UNE VOIX, *au fond.*

Mazilier, il y a un banco à faire. (*Les Joueurs appellent: Mazilier!... Mazilier!...*)

MAZILIER.

Voilà! Voilà! (*Il s'élance vers le fond au pas gymnastique.*)

POTAIN.

Il est superbe! Je suis fier d'être son ami. (*Il suit Mazilier.*)

## SCÈNE II

### CORA, DE MÉZIN.

CORA, *à De Mézin resté près d'elle.*

Il y a deux jours que nous n'avons vu monsieur De Rives; que devient-il donc?

DE MÉZIN.

Il a, paraît-il, quelques inquiétudes au sujet de sa fille elle est d'une santé délicate et...

CORA.

J'avais entendu dire qu'elle se portait mieux depuis son mariage.

DE MÉZIN.

En effet. Aussi l'indisposition d'aujourd'hui est-elle probablement passagère. Mais De Rives, vous le savez, a une véritable adoration pour sa fille; elle passe même avant les cartes, ce qui est beaucoup dire.

CORA, *prenant une tasse de thé.*

Assurément. Est-ce qu'elle est jolie, cette jeune femme?

DE MÉZIN.

Plus que jolie, charmante!

CORA.

Je ne la rencontre jamais! Où la voit-on? Va-t-elle au bois, aux courses, au théâtre?

DE MÉZIN.

Jamais. J'ai proposé dernièrement une loge à De Rives pour les Italiens; il l'a refusée après avoir pris l'avis de sa fille. Elle préfère, paraît-il, passer ses soirées chez elle.

CORA.

Avec son mari?

DE MÉZIN.

Probablement.

CORA, *se versant du lait.*

C'est un mariage d'amour?

DE MÉZIN.

On l'assure.

CORA.

Comment s'appelle son mari?

DE MÉZIN.

Georges Gérard.

CORA.

Tiens!

DE MÉZIN.

Vous le connaissez?

CORA.

Pas le moins du monde. C'est ce petit nom de Georges, auquel je ne m'attendais pas, qui m'a surprise. Comment est-il, ce mari si charmant que madame Gérard refuse des loges aux Italiens pour passer ses soirées avec lui? Il est jeune?

DE MÉZIN.

Trente-deux à trente-cinq ans.

CORA.

Beau garçon?

DE MÉZIN.

Oui, assez beau garçon; une tête expressive.

CORA.

Il est riche?

DE MÉZIN.

On le dit à son aise.

CORA

Qu'est-ce qu'il fait?

DE MÉZIN.

Rien, je crois. Il avait, avant son mariage, une existence très-retirée, presque mystérieuse.

CORA.

Ah!

DE MÉZIN.

Qu'avez-vous?

CORA.

Rien; je suis folle. Comment mademoiselle De Rives l'a-t-elle connu s'il vivait retiré?

DE MÉZIN.

Il habitait avec sa mère la même maison qu'elle.

CORA.

Avec sa mère, dites-vous ?

DE MÉZIN.

Oui. Qu'y a-t-il là d'étonnant? Plus d'un fils, avant son mariage, habite avec sa mère?

CORA.

Évidemment : vous vous êtes mépris sur le sens de mon interruption. Continuez, cher ami. Votre jeune homme habitait donc la maison de mademoiselle De Rives? Il l'a vue de sa croisée, comme dans les romans, et il est devenu amoureux d'elle.

DE MÉZIN.

Si j'ai bien compris certaines phrases échappées autrefois à De Rives et à un médecin de nos amis, Paul Combes, ce serait mademoiselle De Rives qui se serait éprise la première.

CORA.

Voyez-vous cela ; ces jeunes filles honnêtes !

DE MÉZIN.

Elles ont un cœur comme les autres ; il bat. Seulement elles savent, au besoin, en comprimer les battements.

CORA.

Il faut les deviner, et monsieur Georges Gérard a deviné.

DE MÉZIN.

Assez tard, paraît-il. J'ai cru comprendre, cette fois encore, qu'il n'était pas très-désireux de se marier: Il a fait quelques difficultés ; enfin, ce mariage a, ce qu'on appelle, un peu traîné.

CORA.

Si mademoiselle De Rives était amoureuse, il ne l'était peut-être pas, lui.

DE MÉZIN.

En tous cas, je vous réponds qu'il l'est aujourd'hui. Je l'ai rencontré, avant-hier, chez monsieur De Rives, en visite avec sa femme, et j'ai été frappé des changements qui se sont faits en lui depuis un an. Je l'avais vu deux ou trois fois avant son mariage, et je lui avais trouvé l'air préoccupé, sombre, abattu, le regard inquiet.

CORA.

Ah! le regard inquiet?

DE MÉZIN.

Il est maintenant gai, plein de bonne humeur. Il cause volontiers de toutes choses et en très-bons termes, ma foi, et il a l'air surtout amoureux, oh! mais amoureux...

CORA.

A donner envie de l'être, n'est-ce pas, mon cher De Mézin? Pourquoi ne l'êtes-vous pas?

DE MÉZIN.

Mais, ma chère Cora...

CORA, *passant à gauche.*

Oui, oui, je sais. Inutile de continuer, je ne vous crois pas. Ce ne serait pas naturel. Je ne suis plus une femme depuis mon accident.

DE MÉZIN.

Mais, je trouve au contraire...

CORA.

N'insistez pas. Vous connaissez notre traité : personne ici ne doit me faire la cour.

DE MÉZIN.

Oui, traité des plus habiles.

CORA.

Qu'entendez-vous par là?

DE MÉZIN.

J'entends que vous devez avoir au fond du cœur quelque grande passion, et qu'en nous interdisant de vous faire la cour, vous vous êtes ménagé le calme, le repos et le recueillement.

CORA.

Monsieur De Mézin, vous êtes un indiscret. Je vous

rends à vos amis de la table de jeu. Je suis certaine que vous leur faites défaut. (*Montrant Mazilier, qui se promène au fond.*) Veuillez seulement m'envoyer Mazilier, si toutefois son traitement lui permet de venir me parler. (*De Mézin se dirige au fond, échange deux mots avec Mazilier, et s'éloigne.*)

## SCÈNE III

CORA, MAZILIER.

CORA, *près de la cheminée, à Mazilier, qui s'avance.*

Quel air abattu ! Qu'avez-vous? Est-ce que l'exercice ne vous réussit plus ?

MAZILIER.

Il me réussit, mais il m'éreinte ! (*Il se laisse tomber dans un fauteuil, avec un soupir.*) Ah ! Cora, je le sens à mes douleurs de tête et à mes tiraillements d'estomac, je n'étais pas fait pour les émotions de la vie parisienne. Lorsqu'on est né au Havre, on doit vivre au Havre et respirer l'air vivifiant de la mer. Quand je pense que mon père m'attend depuis huit ans, sur le port, dans ses bureaux !

CORA.

Allez le voir, voyagez.

MAZILIER.

Voyager ! C'est vous qui me le conseillez ! Oubliez-vous donc que ma maladie nerveuse date de mon dernier voyage, il y a quatre ans? Sous le prétexte d'une excursion dans le Midi et d'une visite à nos ports de guerre, vous ne craignez pas de me conduire au bagne de Toulon, moi, pauvre innocent, qui ne me doutais de rien, et de me placer en face de votre forçat. Ah ! je n'oublierai jamais l'émotion que j'ai ressentie ! Depuis cette époque, je traîne, je traîne, je m'étiole ! (*Se penchant vers Cora.*) Bon petit cœur de femme ! Vous avez voulu vous assurer par vous-même que votre victime subissait sa peine. Mais vous avez été bien punie. Quel coup d'œil il vous a lancé ; il vous aurait foudroyé s'il avait pu.

CORA.

Mais, cher ami, il n'a pas jeté sur vous un regard bien tendre. Aussi tout à l'heure, en causant avec De Mézin, ce regard m'est revenu, et j'ai tremblé pour vous.

MAZILIER.

Comment! en causant avec De Mézin. Quel rapport?

CORA.

Oui. J'ai été assez sotte pour m'imaginer que j'étais sur les traces de Georges Du Hamel.

MAZILIER.

Ce n'est pas étonnant, vous le haïssez tant, ou vous l'aimez tant, je n'ai jamais su au juste, que vous croyez le voir partout.

CORA.

Évidemment. C'est pourquoi je n'attache aucune importance à la petite émotion que je viens de ressentir.

MAZILIER, *se levant.*

Quelle émotion? De Mézin vous a parlé de lui?

CORA.

Non pas. Mais en causant avec De Mézin, je me suis imaginé que je le reconnaissais dans un portrait qu'il m'a tracé du gendre de monsieur De Rives.

MAZILIER.

Le gendre de... Ah !... elle est bien bonne celle-là ! Ce cher De Rives qui est si fier de sa naissance, de son nom aurait donné sa fille... à... J'en rirai toute ma vie.

CORA.

Calmez-vous, puisque cela n'est pas.

MAZILIER.

C'est dommage... C'est vraiment dommage ! Mais au fait, pourquoi cela n'est-il pas? Ne vous avais-je pas dit que Georges Du Hamel, après avoir fait son temps, viendrait tôt ou tard habiter Paris. Quoi de plus naturel alors, qu'il s'y soit épris d'une jeune fille à marier? Il aura caché son passé, il aura trompé la famille, il aura... Ce petit roman me plaît beaucoup, j'y prends goût.

CORA.

Oui, mais il pèche par la base.

MAZILIER.

Quelle base?

CORA.

Le séjour de Paris est interdit aux personnes qui ont subi certaines peines.

MAZILIER.

Où avez-vous pris cela?

CORA.

Aux meilleures sources, auprès de monsieur Lauristot, autrefois avocat général, aujourd'hui simple avocat.

MAZILIER.

C'est vrai, lorsqu'il ne joue pas, il plaide. Il mêle l'utile à l'agréable, *utile dulci*; l'utile, c'est de jouer. (*Apercevant Lauristot qui sort de la pièce du fond.*) Lauristot, nous parlons de vous, venez donc, mon cher.

## SCÈNE IV

CORA, MAZILIER, LAURISTOT.

LAURISTOT.

Vous parliez de moi?

CORA.

Oui, Mazilier doute de ma science. Il a besoin que vous lui confirmiez ce que vous m'avez dit, au sujet des mesures administratives prises à l'égard des anciens condamnés. Vous savez, depuis ma visite à Toulon, je suis toujours tourmentée de l'idée qu'on peut se trouver, un jour ou l'autre, en face d'un de ces jolis messieurs.

LAURISTOT.

C'est impossible ; plusieurs décrets s'y opposent.

CORA, *à Mazilier.*

Vous voyez bien.

LAURISTOT.

Ces décrets, qui dérivent de l'article 47 du Code pénal, sur la surveillance de la haute police, donnent au gouvernement le droit de déterminer le lieu dans lequel le condamné devra résider, après avoir subi sa peine.

MAZILIER.

Excellents décrets.

LAURISTOT.

Je ne suis pas entièrement de votre avis. Ils ont, selon moi, de nombreux inconvénients.

CORA.

Lesquels ?

LAURISTOT.

Si je vous les dis, je vous ennuierai.

CORA.

Non pas. Nous sommes à une époque où les femmes, elles-mêmes, ont besoin de s'instruire. Je désire votre opinion sur les décrets en question. Mais permettez, j'aperçois monsieur De Rives qui me cherche pour me saluer.

(*De Rives entre par la gauche. Il aperçoit Cora, et s'approche d'elle.*)

## SCÈNE V

LES MÊMES, DE RIVES.

CORA, *à De Rives, à qui elle tend la main.*

Je n'espérais pas vous voir aujourd'hui. Monsieur De Mézin nous a dit que votre fille était malade.

DE RIVES.

Elle va mieux, beaucoup mieux, et je me suis échappé. Pensez donc, depuis deux jours... (*Il montre le salon de jeu.*)

CORA.

Vous faites pénitence. Pauvre ami !

DE RIVES.

Et encore, ne suis-je pas bien sûr de rester avec vous toute la soirée. Cela dépend des nouvelles que mon gendre viendra m'apporter après la visite du médecin.

CORA.

Ah ! il viendra lui-même?

DE RIVES.

Il m'a promis de me faire demander vers les dix ou onze heures. Il est indulgent pour mes vices, et il n'a pas voulu me priver plus longtemps de ma partie habituelle, mais il tient compte aussi de mon amour paternel.

CORA.

C'est un gendre parfait. (*A part.*) Où avais-je la tête? (*A De Rives.*) Je ne vous retiens plus. (*Montrant la salle du fond.*) Courez où vos passions vous appellent. Je suis sûre que vous avez des impatiences dans les doigts.

DE RIVES.

Peut-être. (*Il s'éloigne.*)

## SCÈNE VI

CORA, MAZILIER, LAURISTOT.

CORA, *venant s'asseoir sur le canapé de gauche.*

Eh bien ! les inconvénients promis ?

LAURISTOT, *assis en face d'elle.*

Un petit nombre de villes ayant été désigné pour l'internement des libérés, ils se retrouvent bientôt, se reconnaissent et se nuisent mutuellement. En effet, un fainéant nécessiteux apprend-il que son camarade gagne quelque argent, il le menace de le faire connaître pour un repris de justice, s'il ne veut point partager avec lui le produit de son travail. Le chef d'atelier, averti de la condition de son ouvrier, quelque satisfait qu'il puisse être de sa conduite, se voit obligé de le congédier, pour complaire aux autres ouvriers qu'il emploie. Dans quelque lieu qu'il porte ses pas, le libéré s'aperçoit bientôt qu'une sorte de réprobation paralyse toutes ses tentatives de se créer des moyens d'existence, et il ne tente même pas, pour gagner sa vie, des efforts dont il sait à l'avance l'inutilité.

MAZILIER, *debout, derrière la table du milieu.*

En effet, voilà des inconvénients; mais, on ne peut cependant pas laisser tous les anciens pensionnaires de Toulon ou de Cayenne accourir à Paris, et s'y livrer à leurs petites affaires. Ce serait trop dangereux dans les temps de troubles que votre décret a dû prévoir.

LAURISTOT.

Il n'a pas prévu autre chose, et je l'approuverais, s'il avait atteint son but, mais il ne l'atteint pas. Dans les temps dont vous parlez, la police est impuissante à retenir en province ceux qu'elle est chargée de surveiller, et la population de Paris s'augmente aussitôt de trente à quarante mille malfaiteurs, qui viennent nous demander des moyens d'existence qu'ils n'ont pu trouver depuis leur sortie de prison.

MAZILIER.

Oh! oh!

LAURISTOT.

Remarquez que je ne vous fais pas de sentiment.

MAZILIER.

Vous êtes bien bon.

LAURISTOT.

Je ne viens pas vous dire que, sous le prétexte de se protéger contre des dangers à venir et incertains, la société n'a pas le droit de faire des lois, en quelque sorte, préventives, et de dire à un malheureux qui vient d'expier son crime par une longue détention : « Dans la crainte que tu ne retombes dans les mêmes égarements, je te condamne à une peine nouvelle, je te traite comme si tu étais coupable ; tu n'es plus prisonnier, soit, mais je te fais esclave pour le reste de ta vie. » Je ne vous tiens pas ce raisonnement, que de plus autorisés que moi ont tenu cependant. Je me borne à vous dire ceci : La loi étant impuissante et dangereuse, il serait peut-être sage de songer à la modifier. (*Il se lève.*)

MAZILIER.

Évidemment! évidemment!

CORA.

Mais, pour le moment, elle n'en existe pas moins. Les anciens libérés ne peuvent habiter Paris?

LAURISTOT.

Sous aucun prétexte.

CORA, *se levant.*

Me voici rassurée, cher monsieur. Je vous remercie cordialement. (*Tandis que Lauristot gagne le fond, prenant le bras de Mazilier et l'entraînant, au milieu, au premier plan.*) Vous qui avez des amis partout, n'en avez-vous pas au ministère de l'intérieur?

MAZILIER.

Si, en cherchant bien, en faisant des fouilles.

CORA.

Vous ne refuserez pas alors de me rendre un service?

MAZILIER.

Lequel?... (*La regardant.*) J'ai peur de vous comprendre.

CORA.

C'est cela, vous m'avez comprise. Essayez de savoir...

MAZILIER.

Quelle ville a été assignée comme résidence à Georges Du Hamel, pour aller lui faire une nouvelle petite visite. (*A Cora, qui s'éloigne.*) Toujours votre idée fixe. Prenez garde, chère amie, de l'idée fixe à la folie, il n'y a qu'un pas.

CORA, *levant les épaules.*

Je vais donner des ordres pour le souper. (*Elle sort à droite.*)

## SCÈNE VII

DE MÉZIN, DE RIVES, MAZILIER *et* POTAIN.

POTAIN, *rejoignant Mazilier, tandis que De Rives et De Mézin causent ensemble.*

Tu ne joues plus?

MAZILIER.

Non. (*Il va s'asseoir sur le canapé de droite, Potain sur le canapé de gauche. Après un instant de silence.*) Potain?

POTAIN.

Victor?

MAZILIER.

Ne trouves-tu pas que ce salon manque parfois de gaieté?

POTAIN.

Je trouve qu'il manque de femmes.

MAZILIER.

Ne t'arrive-t-il jamais de regretter le Havre, notre ville natale?

POTAIN.

Si, l'été, lorsqu'on étouffe à Paris.

MAZILIER.

Potain?

POTAIN.

Victor?

MAZILIER.

Ne trouves-tu pas qu'il est absurde de jouer toutes les nuits comme nous faisons?

POTAIN.

Si, je trouve cela, toutes les fois que j'ai perdu.

MAZILIER.

Potain?

POTAIN.

Victor?

MAZILIER.

N'aspires-tu pas quelquefois à une vie paisible?

POTAIN.

Si, avec de jolies femmes, de très-jolies femmes.

MAZILIER.

Potain?

POTAIN.

Victor?

MAZILIER.

Regarde-moi.

POTAIN.

Je te regarde.

MAZILIER.

Est-ce que je suis aussi dégommé que toi?

POTAIN, *se levant et s'approchant de la glace.*

Dégommé? je suis dégommé?

MAZILIER.

En huit ans, tu as perdu tous tes cheveux; tes joues sont devenues flasques, tes yeux sont éraillés; tu es laid, Potain, tu es laid.

POTAIN, *se rapprochant.*

Victor?

MAZILIER.

Potain?

POTAIN.

Tu m'ennuies. Je vais faire un banquo.

MAZILIER, *le suivant.*

Je te le tiendrai, Potain. Je te dois cette marque d'intérêt; tu me rappelles le Havre. (*Ils s'éloignent vers le fond, tandis qu'un domestique s'approche de De Rives et de De Mézin, qui sont au fond et causent ensemble.*)

## SCÈNE VIII

DE MÉZIN, DE RIVES, UN DOMESTIQUE.

LE DOMESTIQUE, *à De Rives.*

Le gendre de monsieur voudrait lui dire deux mots.

DE RIVES, *se levant.*

Où est-il?

LE DOMESTIQUE, *montrant la gauche.*

Là, dans le petit salon.

DE MÉZIN.

Pourquoi n'entre-t-il pas?

LE DOMESTIQUE.

Ce monsieur n'a pas voulu.

DE RIVES, *qui s'éloigne à gauche, à De Mézin.*

Vous le savez, mon gendre déteste le monde, mais je vais le décider à entrer pour vous serrer la main. (*Il disparaît à gauche.*)

POTAIN, *au fond, interpellant De Mézin.*

Monsieur De Mézin, c'est à votre tour de prendre les cartes.

DE MÉZIN.

Veuillez les prendre à ma place.

POTAIN.

Je vous préviens que je vais avoir une main, une main superbe.

DE MÉZIN.

Tant mieux pour vous!

DE RIVES, *parlant à Georges qui n'est pas encore entré.*

Mais puisque je vous dis, cher ami, qu'il n'y a que De Mézin. La maîtresse de la maison n'y est pas. Voyons, ne soyez pas sauvage comme cela... Quoi! vous ne voulez pas! Vous finirez, en vérité, par me faire croire que vous avez peur de... vous faire voir.

GEORGES, *entrant et avec trouble.*

Peur!... mais non, non. (*A part, descendant.*) C'est vrai. Si je continue à fuir le monde, on pourra croire...

DE RIVES, *à De Mézin qui s'est approché.*

Il se donne la peine de venir jusqu'à l'avenue de Neuilly pour m'annoncer que le médecin a trouvé ma fille si bien portante, qu'il lui permet de sortir demain, et il croit que je vais le laisser partir comme cela sans le remercier à mon aise et fumer une cigarette avec lui. (*Lui présentant un porte-cigares.*) La maîtresse de la maison nous permet la cigarette. (*Sur le refus de Georges et après avoir allumé sa cigarette.*) Si je ne vous tenais pas pour le plus sage et le moins joueur des hommes, croyez bien que je ne commettrais pas la maladresse de vous introduire dans notre société; mais quels risques peut courir votre sagesse?

GEORGES.

Aucun.

DE MÉZIN.

C'est nous qui sommes exposés, en le fréquentant, à devenir tous vertueux.

GEORGES, *souriant.*

Je ne suis pas inquiet pour vous. (*Montrant le salon du fond.*) C'est là que l'on joue?

DE RIVES.

Oui, venez-vous jeter un coup d'œil sur ce foyer de dépravation, sur cet antre?

GEORGES.

Volontiers... de loin. (*Ils se dirigent vers le fond et regardent jouer, en se tenant sur le seuil de la porte qui sépare les deux pièces.*)

## SCÈNE IX

DE MÉZIN, CORA, LES PRÉCÉDENTS, *au fond.*

CORA, *rentrant par la droite, à De Mézin.*

Si le jeu se prolonge, on pourra souper, les ordres sont donnés.

DE MÉZIN.

Vous pensez à tout. Vous êtes toujours charmante.

CORA.

Je remplis de mon mieux mes devoirs. (*Elle passe devant lui et s'assied devant la cheminée. De Mézin se tient auprès d'elle.*)

DE RIVES, *descendant la scène, à Georges.*

Cette vue est-elle si terrible?

GEORGES.

Non à la surface, mais au fond...

DE RIVES, *apercevant Cora et s'arrêtant.*

Ah! la maîtresse de la maison a repris sa place habituelle; je vais être obligé de vous présenter. Affaire de forme; vous n'êtes pas tenu de revenir, et je ne vous y engage pas. (*Georges s'avance en descendant à droite, Cora lève les yeux; ils se regardent tous les deux et se reconnaissent.*)

DE RIVES, *voyant que Georges, après s'être avancé, s'arrête tout à coup.*

Qu'avez-vous?

GEORGES.

Je pars... Par où puis-je sortir?

DE RIVES.

Mais, mon cher...

GEORGES, *très-ému, saisissant le bras de De Rives.*

Je vous dis que je veux partir.

DE RIVES.

Qu'avez-vous donc! Votre bras tremble et vous êtes pâle comme un mort... Partons, soit! mais.. madame De Champs vous a vu ; il est trop tard. (*Laissant Georges, qui, atterré, reste à la même place, et s'avançant vers Cora, qui s'est brusquement levée, et qui, appuyée sur le dossier de son fauteuil, regarde Georges sans parler.*) Chère madame, mon gendre, monsieur Georges Gérard, était venu m'apporter des nouvelles de ma fille, et il repart.

CORA, *qui est parvenue à vaincre son émotion et faisant un pas en avant.*

Déjà. Oh! monsieur me fera bien l'honneur de s'asseoir un instant dans mon salon.

GEORGES, *qui essaye de se remettre.*

Je suis désolé, madame, je ne puis pas. On m'attend.

DE RIVES.

Je suis là pour l'attester.

DE MÉZIN, *du fond.*

De Rives, avez-vous cinquante louis sur vous?

DE RIVES.

Certainement, mon cher. (*A Georges et à Cora.*) Une seconde. (*Il passe au fond.*)

CORA, *dès que De Rives et De Mézin se sont éloignés, bas à Georges, qu'elle rejoint à droite.*

Il faut que je vous parle.

GEOGES.

Mais...

CORA.

Il le faut.

GEORGES.

Eh bien! parlez.

CORA.

C'est impossible en ce moment. Il y a trop de monde ici. Revenez quand on sera parti, je donnerai des ordres; je vous attendrai.

GEORGES.

Non.

CORA.

Prenez garde... Je vous dis qu'il faut absolument que je vous parle.

GEORGES.

Et moi, je vous dis que je ne puis pas attendre que ces messieurs soient partis ; je ne puis pas revenir ici.

CORA.

Alors... partez et attendez-moi dans le jardin. Je vous rejoins dans un instant. Il le faut, vous dis-je.. Ah! je vous ai retrouvé, je ne vous laisserai pas m'échapper. Dans le jardin ou chez vous, alors.

GEORGES, *effrayé.*

Chez moi!

CORA.

Choisissez. (*Changeant de ton en voyant De Rives et Mazilier, qui se rapprochent.*) Je regrette vivement, monsieur, de ne pouvoir vous retenir plus longtemps, et je vous rends à vos devoirs.

DE RIVES, *à Cora.*

N'est-ce pas que j'ai le plus vertueux des gendres?

CORA.

Le plus vertueux.

MAZILIER, *à lui-même.*

Son gendre! (*Bas à Cora, qui échange un salut avec Georges, et qui le regarde s'éloigner.*) Eh bien! ce n'est pas lui!

CORA, *vivement.*

Pas le moins du monde. Je vous l'ai dit. C'était une idée absurde. (*Elle passe à gauche.*)

MAZILIER, *regardant toujours Georges, retenu près de la porte par De Mézin, qui est venu lui serrer la main avec d'autres joueurs.*

Cependant... en examinant davantage... Oui, il y a quelque chose... La même taille, le même regard. Voyons, est-ce que je rêve? (*Observant Cora, qui, au moment où Georges disparaît, lui jette un dernier regard.* C'est lui!

CORA, *se retournant.*

Eh bien! oui, c'est lui! Mais taisez-vous, si vous ne voulez pas...

MAZILIER.

Qu'il se venge de moi. Mais je n'ai pas l'intention de parler... (*Pendant que Cora s'est approchée de la cheminée.*) Je ne lui veux pas de mal à ce garçon, moi... Au contraire. (*Se rapprochant de Cora.*) Quoi! c'est vous maintenant qui le défendez?

CORA.

Parbleu! son secret le met en mon pouvoir, et si l'on trahit ce secret... (*Elle va prendre un mantelet.*)

MAZILIER.

Ah! très-bien! Je vous retrouve, j'avais eu peur de vous perdre. Tiens! tiens! vous sortez? Je gage que vous allez le rejoindre.

CORA, *traversant le théâtre.*

Peut-être.

MAZILIER.

Je m'en étais toujours douté! Vous l'aimez?

CORA, *sur le seuil de la porte vitrée.*

Qui sait?

MAZILIER, *tandis que Cora sort.*

Ah! les femmes! quels êtres étranges! Il faut avoir été au bagne pour leur plaire!

(*Changement à vue si c'est possible. Autrement un entr'acte qui ne doit pas dépasser trois minutes.*)

## QUATRIÈME TABLEAU

Le théâtre représente le jardin de la maison de Cora. A gauche un pavillon avec un perron. Au milieu du théâtre une grande corbeille de fleurs surmontant un banc. A droite, un vase de fleurs élevé sur un piédestal. La scène est très-faiblement éclairée

---

### SCÈNE PREMIÈRE

*Au moment où la toile se lève, la scène est déserte. Au bout d'un instant, Cora paraît sur le perron, elle examine Georges, puis elle descend.*

CORA, *s'approchant de Georges, assis sur le banc, au milieu.*

Ainsi vous ne vous appelez plus Georges Du Hamel, mais Georges Gérard. Vous êtes le gendre de monsieur De Rives, et le mari d'une des plus jolies femmes de Paris.

GEORGES.

Où voulez-vous en venir?

CORA.

A parler du passé, si vous le voulez bien. J'attends depuis longtemps ce moment désiré. Je regrette que le lieu ne soit pas mieux choisi; mais c'est vous qui n'avez pas voulu revenir chez moi.

GEORGES.

J'écoute.

CORA.

J'arrivais en France il y a huit ans environ ; j'étais jeune, belle, heureuse de vivre, je faisais mille projets. En un instant, mes rêves les plus ardemment caressés se sont évanouis; cette beauté dont j'étais si fière venait de disparaître, un coup de pistolet m'avait défigurée. Je n'eus plus qu'une pensée : me venger de l'homme dont l'emportement, l'implacable jalousie, la brutalité m'avaient infligé le plus cruel supplice pour une femme : être laide et avoir conscience de sa laideur, parce qu'on se souvient de sa beauté. J'accusais cet homme d'un crime qu'il n'avait jamais commis, qu'il n'avait même jamais songé à concevoir. En effet, si sa tête est vive, sa main trop prompte, sa délicatesse et sa loyauté sont excessives. Sans cette accusation de vol, il n'eût probablement pas même été condamné; il le fut, grâce à moi et à cause de moi. J'étais vengée, nous le sommes, mon cher Georges Du Hamel.

GEORGES, *se levant.*

Avez-vous autre chose à me dire?

CORA.

Si je n'avais pas un excellent caractère, je pourrais, il est vrai, me plaindre que ma vengeance n'ait pas été complète, que... mon condamné ait... éludé certaines dispositions de la loi. Mais je ne saurais l'en blâmer. Il s'est fait une existence mystérieuse et charmante; il est entré dans une famille honorable, a épousé une femme accomplie : c'est parfait. Mon Dieu, en ce monde, chacun tire son épingle du jeu le mieux possible. Sa position était désespérée ; il a trouvé moyen de la rendre très-agréable. Pourquoi le blâmerais-je, moi qui me suis à peu près conduite comme lui? Je suis arrivée à Paris seule, sans relations ; j'en ai d'excellentes aujourd'hui. Je possédais une centaine de mille francs, à peine de quoi vivre ; je jouis, en ce moment, d'un revenu de soixante mille francs. Lui et moi, nous avons donc réparé de notre mieux nos désastres respectifs. Donc, pas de récriminations ni d'un côté ni de l'autre. Est-ce bien entendu ?

GEORGES.

Parfaitement entendu.

CORA, *brusquement et lui prenant la main qu'il dégage aussitôt.*

Mon cher, pour votre malheur et le mien, vous ne m'avez

jamais comprise. Avec une femme telle que moi, on ne se conduit pas de la même manière qu'avec les autres, et vous avez commis de grandes fautes dans les premiers temps de notre liaison. Notre première querelle date d'un jour où vous m'avez trouvée distribuant des coups de cravache à une de mes mulâtresses. C'était mon droit; mais ce spectacle vous déplaisait; savez-vous ce que vous auriez dû faire? M'arracher la cravache des mains et me traiter comme je traitais mon esclave. Ma colère eût été terrible, je le crois; vous l'évitiez en rentrant chez vous, et le lendemain c'était moi qui vous suppliais de revenir, qui vous demandais pardon. Je me connais, allez! j'ai du sang d'esclave dans les veines! Au lieu d'agir comme je viens de l'indiquer, vous m'avez fait des discours, des raisonnements, vous avez essayé de m'émouvoir et je vous ai prié de me laisser tranquille. Vous êtes parti, et sans avoir le courage d'attendre que je revinsse à vous, vous êtes bientôt accouru vers moi, en suppliant. Vous aviez interverti les rôles, mon cher ami, vous aviez aliéné vos droits, et à partir de ce jour, votre cause était perdue. Je m'étais donné un maître, ce maître abdiquait de lui-même son autorité; je m'en saisis aussitôt et j'en abusai, parce que les femmes sont extrêmes en tout. Pour elles il n'y a pas de nuances entre le commandement et la tyrannie. Mais au moment où je me croyais plus forte que jamais, vous vous êtes brusquement révolté, et je suis tombée sous vos coups. Voilà notre histoire; j'ai dit vos erreurs, j'ai dit mes fautes.

GEORGES.

Et je vous ai attentivement écoutée, mais j'en suis encore à chercher le but de cette double biographie.

CORA.

Nous y arrivons, un peu lentement, il est vrai, car ce qu'il me reste à dire est assez délicat... Vous avez cru, et j'ai cru longtemps moi-même, que le jour où, pour rendre votre position plus difficile, vous ôter tout espoir d'être acquitté, je vous ai accusé de vol, nous avons cru, dis-je, tous les deux, qu'un seul sentiment me guidait : le désir de me venger de vous. Nous nous sommes trompés l'un et l'autre. Je vous haïssais, c'est certain; j'étais heureuse de vous rendre blessure pour blessure, coup pour coup. Mais je me disais en même temps : Il m'a défigurée pour que je n'aie plus d'amant, je l'enverrai au bagne pour qu'il n'ait plus de maîtresse. C'est qu'en me punissant comme vous l'aviez fait, en me châtiant d'une façon terrible, vous aviez reconquis votre autorité, vous redeveniez le maître et je redevenais l'esclave; vous n'étiez plus le cœur faible et lâche dont j'abusais depuis deux ans, que je martyrisais à ma guise; vous étiez à mes yeux un homme, un homme qui se venge, un homme qui a longtemps dédaigné de frapper ceux qui l'offensent, mais qui frappe sans merci lorsqu'enfin il a levé le bras. (*S'avançant vers Georges et le regardant fixement.*) Oui, je te haïssais; au lieu de t'envoyer au bagne, j'aurais souhaité qu'on pût t'envoyer à l'échafaud; mais je m'étais reprise à t'aimer, je t'aimais comme le lendemain de ton duel, comme le jour où je me suis donnée à toi pour la première fois. Aussi je n'ai plus eu qu'une pensée : te revoir, te retrouver!

GEORGES, *debout, à droite, appuyé contre le piédestal et avec le plus grand calme.*

Eh bien! vous m'avez retrouvé! Après?

CORA.

Comme je t'aime ainsi! Comme tu es dédaigneux, comme tu as bien l'attitude qui convient à un homme qui a conscience de sa valeur morale, et qui méprise une créature telle que moi. Oui, je n'en puis douter, je t'aime!

GEORGES.

C'est possible, mais je ne vous aime pas.

CORA.

Et tu en aimes une autre, une autre...

GEORGES.

Que vous pouvez faire souffrir, n'est-ce pas! Je vous devine. Aussi, après un moment de réflexion et un semblant de résistance, je me suis incliné devant votre puissance et je ne marchanderai pas avec elle. A quel prix l'estimez-vous? Pour que vous n'usiez pas de vos avantages, combien vous faut-il? Ma mère et moi avons vingt mille francs de rente, ils sont à vous ; nous travaillerons pour vivre ; c'est notre affaire. Ma femme avait une dot de quatre cent mille francs, je comptais ne jamais y toucher. Mais, le cas est grave, prenez-la, je vous la donne.

CORA.

Mon cher, vous déraisonnez ; je suis plus riche que vous, votre femme et votre mère réunis. Je n'ai que faire de votre argent, et vous m'insultez gratuitement lorsque vous me l'offrez.

GEORGES.

Que voulez-vous alors ? Précisez.

CORA.

Je veux n'avoir pas à souffrir de ton bonheur et de celui de ta femme. Ah ! si tu avais vécu, modeste et résigné, auprès de ta mère, dans un coin de Paris, j'aurais peut-être essayé de t'oublier. Mais je te retrouve, en plein mouvement parisien, riche, brillant, heureux ; tu es l'époux d'une délicieuse femme qui te respecte, qui t'aime. C'est une injustice, je ne la tolérerai pas C'est à moi que tu appartiens et non pas à elle ! C'est moi que tu aimerais encore si tu ne m'avais pas défigurée. Je ne veux pas qu'elle profite de ma laideur, qu'elle bénéficie de la blessure que tu m'as faite, que tu puisses lui dire à elle : « Je t'adore ! » et à moi : « Tu me fais horreur ! » Tu ne m'aimes plus, soit ! Mais je ne veux pas que tu l'aimes à ton aise, sans scrupules, sans remords, paisiblement. Je ne puis pas arracher son souvenir de ton cœur et te séparer entièrement d'elle ; mais, je veux qu'elle tienne moins de place dans ta vie et que j'y compte pour quelque chose. Je veux que ton temps se passe entre elle et moi ; je veux enfin avoir le bonheur de te compter au nombre de mes amis et de te voir, au milieu d'eux, chaque jour, dans mon hôtel, dans mon salon.

GEORGES.

Vraiment ! Et si je refuse de me courber devant votre volonté.

CORA.

Si tu refuses, ma résolution est prise.

GEORGES.

Quelle est-elle?

CORA.

Tu veux le savoir?

GEORGES.

Oui.

CORA.

Eh bien! je te séparerai de ta femme, en lui disant ton passé!

GEORGES, *s'élançant sur elle, les mains en avant.*

Misérable!

CORA, *sans faire un mouvement.*

Prends garde, la violence ne te réussit pas. (*Après un instant de silence pendant lequel Georges redevient maître de lui et gagnant peu à peu le perron de l'hôtel.*) Je n'ai plus rien à te dire. Je te donne une semaine pour te décider. Dans huit jours tu viendras chez moi, ou bien... Je t'ai prévenu, n'essaye pas de m'échapper: Je saurai être au courant de toutes tes actions. Je ne t'ai pas retrouvé pour te perdre. Au revoir... (*Elle le salue de la main et disparaît.*)

GEORGES, *tombant sur le banc.*

O mon Dieu!

FIN DU TROISIÈME ACTE.

# ACTE QUATRIÈME

## CINQUIÈME TABLEAU

La scène représente un salon servant de salle de jeu. A gauche, au second plan, une table recouverte d'un tapis vert et éclairée par des lampes. Du même côté, au premier plan, un petit bureau pour écrire. A droite des fauteuils. Au fond, une cheminée et une glace sans tain qui permet d'apercevoir un second salon. Ce décor est le décor renversé de l'acte précédent. La salle de jeu qu'on apercevait au fond est devenue le décor principal, au premier plan, et le salon où s'est passé le troisième acte se trouve au contraire au second plan.

—

## SCÈNE PREMIÈRE

GEORGES, CORA, DE MÉZIN, *plusieurs autres joueurs.*

*Cora est assise seule au milieu du théâtre. A moitie couchée sur un canapé, les yeux languissamment fermés, elle contemple Georges assis en face d'elle à la table de jeu. Georges tient ce qu'on appelle une banque, c'est-à-dire qu'il distribue lui-même les cartes aux autres Joueurs, qui se divisent en deux camps à sa droite et à sa gauche. Il a de l'or et des billets épars devant lui. Il paraît tout entier à son jeu, et ne jette jamais un regard du côté de Cora.*

UN JOUEUR, *à la table de jeu, mettant sur la table deux cartes qu'il tenait à la main.*

Cette fois, nous devons avoir gagné. Nous avons six.

GEORGES, *jetant aussi ses cartes sur la table.*

Moi, j'ai sept. (*Geste d'impatience chez les Joueurs tandis que Georges ramasse les différentes sommes étalées sur la table, et les joint au tas qu'il a devant lui.*

LE JOUEUR.

C'est incroyable; je n'ai jamais vu de veine aussi persistante.

GEORGES.

C'est vous qui m'avez prié de tenir la banque, messieurs; je ne la tiens pas pour mon plaisir, soyez-en persuadés, et si quelqu'un veut la prendre...

MAZILIER.

Non, continuons; la chance finira bien par tourner.

GEORGES.

Je l'espère.

DE MÉZIN, *se levant, tandis que Georges recommence à donner des cartes.*

Quant à moi, je m'arrête... (*S'approchant de Cora.*) Il va bien, le gendre de monsieur de Rives.

CORA.

Il gagne toujours?

DE MÉZIN.

Toujours, et cependant, il faut lui rendre cette justice, il joue en véritable écolier; il commet des fautes humiliantes pour nous, et il est de toute évidence qu'il veut nous faire gagner, mais la veine est si bizarre, que ses fautes mêmes lui réussissent.

CORA.

Et que dit monsieur de Rives des nouvelles habitudes de son gendre?

DE MÉZIN, *appuyé sur le dossier du canapé où est assise Cora.*

Vous le voyez, il ne vient plus pour n'avoir rien à dire. Entre nous, il a été fort étonné d'abord, fort contrarié ensuite de voir le mari de sa fille s'installer tous les soirs à cette table. Il lui a fait des observations assez sérieuses, mais quelle autorité, en pareille matière, de Rives peut-il avoir? De guerre lasse il a dit à monsieur Gérard: Je vous cède la place, et je reste à la maison pour essayer de pallier vos torts envers ma fille, et de lui donner le change sur votre conduite.

CORA.

C'est le fait d'un excellent beau-père. Mais, quelles raisons peut-il donner à madame Gérard des fréquentes absences de son mari, des soirées et des nuits passées loin du domicile conjugal?

DE MÉZIN.

Aucune de bonne, j'imagine. En tout cas, s'il en avait trouvé, elles ne pourraient satisfaire une femme jeune, vive, évidemment passionnée et jalouse. Il faut s'attendre à quelque éclat.

CORA.

Un éclat, vraiment! (*Ils continuent à parler bas. Mazilier et Potain entrent par le fond à gauche. et descendent la scène.*

## SCÈNE II

LES MÊMES, MAZILIER, POTAIN.

POTAIN, *un verre de champagne à la main.*

Victor?

MAZILIER, *de même.*

Potain?

POTAIN.

Es-tu gris?

MAZILIER.

Presque, et toi?

POTAIN.

Moi, tout à fait. (*Soupirant.*) Ah! il y a huit ans, nous aurions pu boire le double de ce que nous avons bu aujourd'hui sans nous en apercevoir. Victor?

MAZILIER.

Potain?

POTAIN.

Je commence à croire que tu avais raison: nous nous dégommons.

MAZILIER.

A qui le dis-tu?

POTAIN.

L'heure est peut-être venue d'aller respirer l'air pur de la mer et de revoir notre ville natale.

MAZILIER.

Potain?

POTAIN.

Victor!

MAZILIER.

Tu es donc décavé?

POTAIN.

Je le suis.

MAZILIER.

Tu n'as absolument rien.

POTAIN.

Si, trois louis pour mon voyage. Mais je dois cinquante-sept mille trois cent vingt-deux francs dix.

MAZILIER.

C'est le moment de revoir nos familles.

POTAIN.

Oh! oui, la famille! Les joies pures du foyer domestique!

MAZILIER.

Quand partons-nous?

POTAIN.

Quand tu voudras.

MAZILIER.

Après-demain.

POTAIN.

Après-demain, soit.

MAZILIER.

Alors, je te quitte.

POTAIN.

Où vas-tu ?

MAZILIER.

Je vais annoncer mon départ à la maîtresse de la maison.

POTAIN.

Annonce-lui le mien en même temps. Je n'ai pas le courage de lui dire adieu. Pauvre femme, elle avait de si bons vins! (*Il vide son verre. A Mazilier qui s'éloigne.*) Sois gracieux, sois aimable, ne lui porte pas un coup trop brusque.

MAZILIER.

Rassure-toi, c'est une femme de cœur, j'en aurai avec elle.

POTAIN.

Merci. (*Il se rapproche de la table de jeu.*)

MAZILIER, *rejoignant Cora, qui est toujours plongée dans une muette contemplation.*

Eh bien! nous nous amusons toujours?

CORA, *sans changer de posture.*

Toujours.

MAZILIER, *s'asseyant sur un pouf qui est devant le canapé.*

Vous ne vous fatiguez pas de rester là, étendue, les yeux fixés sur le même point?

CORA.

Non, au contraire. Ces longues soirées m'offrent maintenant un puissant intérêt. Mon regard n'est plus, comme autrefois, borné par le même horizon ; il ne s'arrête plus sur des visages fatigués, des favoris d'une uniformité désespérante, des moustaches prétentieuses, des crânes dénudés.

MAZILIER, *portant la main à sa tête.*

Ah! grâce!

CORA, *montrant Georges.*

Il se repose enfin sur des traits vraiment énergiques que j'étudie et que j'analyse avec bonheur.

MAZILIER.

Oui, c'est cela; en véritable sybarite, vous contemplez voluptueusement ce visage qui porte l'empreinte des souffrances que vous avez causées. (*Tendrement.*) On n'est pas plus sensible, plus tendre et plus humaine. Faites-moi une petite place auprès de vous, chère amie. (*Il s'assied.*) On se sent, à vos côtés, devenir meilleur. Vous respirez la bonté, la bienveillance, la charité chrétienne. Vous êtes l'ange du pardon! Et c'est moi qui vous ai inventée, qui vous ai baptisée, qui vous ai enrichie. Adorable créature, va!

CORA, *le regardant.*

Mais vous êtes gris, mon cher.

MAZILIER.

Cela se pourrait bien.

CORA, *se levant et passant à droite.*

Alors, veuillez me laisser.

MAZILIER, *la rejoignnt.*

Pas avant de vous avoir dit quelques mots bien sentis que mon état d'ébriété excusera. Savez-vous, ma toute belle, que votre conduite envers ce pauvre garçon (*il montre Georges*) est, au moins, indélicate? Vous n'avez pas le droit de lui faire subir ces nouvelles tortures, car je vous ai comprise, chère madame, depuis longtemps, je lis dans votre belle âme.

CORA.

Contentez-vous d'y lire et taisez-vous.

MAZILIER.

Savez-vous que je suis désespéré d'être pour quelque chose dans vos petites machinations, et que j'en suis arrivé à éprouver de vifs remords de ma conduite passée.

CORA.

Des remords, vous!

MAZILIER.

Oui, moi. Je suis devenu vertueux à votre contact... par esprit d'opposition. Savez-vous enfin qu'il est dangereux pour vous de pousser, aussi loin que vous le faites, la dureté et de n'avoir, depuis huit ans, qu'une idée fixe.. Le cerveau se détraque peu à peu, à ce métier-là, l'intelligence s'altère, et l'on se dirige à pas lents, sans y prendre garde, vers la Salpétrière ou Charenton.

CORA, *très-émue.*

Allons, laissez-moi, sortez.

MAZILIER.

Tiens! tiens! Quelle émotion! Est-ce que j'aurais touché juste?

CORA.

Sortez... vous dis-je!... (*Elle s'assied à gauche, la tête dans les mains, sans écouter Mazilier.*)

MAZILIER.

Avec bonheur... dans un instant, lorsque ces messieurs partiront. Seulement, comme eux, je ne reviendrai pas demain. Je retourne au Havre, dans le sein de ma famille. Travail pour travail, j'aime encore mieux celui qu'on me donnera dans les bureaux de mon père que la rude besogne à laquelle je me suis livré ici pendant huit ans. Ah! le jeu! Quel métier! Je vous laisse en souvenir de moi, Cora, tous les cheveux que j'avais sur la tête et qui sont peu à peu tombés dans ce salon, sur ce tapis, devant cette table. Si vous les retrouvez, je les confie à votre pieuse sollicitude. Adieu. (*Revenant sur ses pas après s'être éloigné.*) Ah! je vous recommande aussi les cheveux de Potain... il s'en retourne avec moi, et son crâne est aussi dénudé que le mien. (*Rejoignant Potain à la table de jeu.*) J'ai fait tes adieux.

POTAIN, *lui serrant la main et descendant à gauche.*

Merci, mais, je ne puis plus partir.

MAZILIER.

Ciel! aurais-tu gagné?

POTAIN.

Non. J'ai perdu les trois louis de mon voyage. Il ne me reste plus que mes cinquante-sept mille trois cent vingt-deux francs dix centimes de dettes. J'aurai beau les offrir à la compagnie du chemin de fer de l'Ouest, en échange d'un billet, elle me les refusera; je connais ses habitudes.

MAZILIER.

Rassure-toi. Je paye ton voyage.

POTAIN.

Victor?

MAZILIER.

Potain!

POTAIN, *lui tendant la main.*

Tu es un ami, un véritable ami.

UN JOUEUR, *se levant à la table de jeu ainsi que la plupart des autres joueurs.*

Inutile de continuer. On ne tient pas tête à une pareille veine.

DE MÉZIN.

Je vous l'ai dit; c'est impossible.

GEORGES.

Messieurs, cependant...

DE MÉZIN.

Vous faites ce que vous pouvez pour perdre, parbleu! On le voit bien, mais vous ne pouvez pas. Vous nous donnerez notre revanche un autre soir. (*S'approchant de Cora qui est à droite.*) Adieu, ma chère amie, mille pardons de vous avoir fait veiller si tard.

CORA.

J'y suis habituée...

DE MÉZIN.

C'est un reproche?

CORA.

Non certainement. (*Elle rend les saluts des autres personnages qui s'éloignent par le fond. A Georges lorsque, à son tour, il s'incline devant elle.)* Faites-moi donc le plaisir de rester encore quelques instants avec moi, cher monsieur, je désirerais vous parler.

GEORGES, *bas.*

Mais...

CORA, *d'une voix très-brève.*

Il le faut, je le veux!

POTAIN, *frappant sur l'épaule de Mazilier, qui, debout, devant la table de jeu, tourne et retourne des cartes.*

On s'en va, que fais-tu là?

MAZILIER, *montrant les cartes.*

Je dis un dernier adieu à mes petits instruments de travail.

POTAIN, *saluant Cora.*

Madame...

MAZILIER, *bas à Cora, montrant Georges.*

Vous le gardez! Pauvre garçon! Et dire qu'il serait aujourd'hui libre et heureux si, autrefois, au lieu de vous blesser, il vous avait tuée... Enfin! on n'est pas toujours adroit!... *(Il sort, Cora lève les épaules et redescend la scène.)*

## SCÈNE III

GEORGES, CORA.

CORA, *s'adressant à Georges, qui, debout, garde le silence.*

Eh bien! Depuis que vous venez ici, vous n'avez pas eu beaucoup à vous plaindre de moi!

GEORGES.

Je ne me plains jamais.

CORA, *reprenant sa place sur le canapé.*

Vous êtes en compagnie d'hommes aimables, qui vous font le meilleur accueil, et, qui plus est, vous gagnez beaucoup d'argent.

GEORGES.

Beaucoup trop. Vous m'avez condamné à jouer, mais non pas à garder les sommes vraiment ridicules que le hasard m'attribue. Je les ai toutes mises de côté; elles se montent depuis quinze jours à plus de quatre-vingt mille francs. Les voici. (*Il tire de sa poche plusieurs liasses de billets de banque et les dépose sur un meuble à droite.*)

CORA.

Cet argent vous appartient, je n'en veux pas.

GEORGES.

Et moi, je ne veux pas le garder. Il me brûle les doigts. Faites-en ce que vous voudrez, je ne le reprendrai pas.

CORA.

Vous avez tort. Demain vous pouvez perdre; il n'est pas juste que vous compromettiez votre fortune.

GEORGES.

Oh ! pour la vie que je mène, je serai toujours assez riche.

CORA.

Vraiment ! Elle ne vous convient pas? Les personnes que vous rencontrez ici, chaque soir, se rendent pourtant chez moi pour leur plaisir.

GEORGES.

Je ne partage pas leurs goûts.

CORA.

Et je connais, au moins, trois ou quatre de ces messieurs, qui seraient fort heureux, d'être, en ce moment, à votre place. En vérité, mon cher, vous êtes ingrat envers la fortune ; elle ne vous a jamais tant favorisé.

GEORGES, *quittant sa place et marchant dans le salon.*

Ah ! trêve de plaisanterie ! J'obéis à vos ordres, je paye votre silence le prix auquel vous l'avez vous-même fixé, mais vous n'avez pas, j'imagine, la prétention de me persuader que je suis trop heureux de vous obéir. (*Continuant, comme s'il se parlait à lui-même.*) Oh ! oui, bien heureux, en vérité, de passer mes soirées et mes nuits dans cette maison, à tourner et à retourner des cartes, en compagnie de gens qui me sont étrangers, tandis que là-bas on s'inquiète de mon absence, du changement qui s'est brusquement opéré dans mes habitudes, on souffre et on pleure. En ce moment elles m'attendent, peut-être; l'une ne sait pas où je suis, elle voudrait le savoir et elle interroge; l'autre ne répond pas, ou bien, forcée de mentir, elle invente je ne sais quelle fable pour expliquer ma longue absence; elle sourit, lorsqu'elle a la mort dans l'âme, elle!... (*Traversant la scène et passant à gauche.*) Ah! tenez, n'évoquez pas ces souvenirs; je suis ici, ne me forcez pas à être là-bas, auprès d'elles. N'obligez pas ma pensée à se reporter vers la chambre obscure, où ma mère, agenouillée et tout en larmes, prie pour son fils encore séparé d'elle, encore condamné à de nouvelles peines.

CORA.

Quelles peines?

GEORGES.

Elle le demande! (*Marchant sur elle.*) Comptez-vous donc pour rien la douleur de me sentir sous votre dépendance, de me dire qu'un mot de vous peut compromettre mon bonheur, bouleverser ma vie? Ah! vous connaissez votre puissance; je ne crains pas de trembler devant vous. Oui, j'ai peur qu'elle n'apprenne mon crime... ou plutôt le châtiment qui m'a frappé... J'ai peur que son imagination ne la transporte sans cesse à l'époque où je subissais ma peine, qu'elle ne me voie revêtu de ma livrée d'infamie. Ce souvenir qui vous séduit, vous, qui vous attire vers moi, doit lui produire un effet contraire. Elle s'éloignera de moi, elle cessera de m'aimer. Une honnête femme comme Marcelle ne peut éprouver les mêmes sensations que...

CORA, *lui saisissant vivement le bras et l'attirant sur le canapé.*

Une femme comme moi, achevez donc. Oui, vous avez raison, les mêmes causes doivent produire sur chacune de nous des effets différents. (*Au bout d'un instant de silence.*) Comme tu l'aimes!

GEORGES.

Certes ! Pourquoi le nierais-je ?

CORA.

Alors, je n'ai plus d'espoir ?

GEORGES.

Non.

CORA, *à moitié renversée sur le canapé, la tête en arrière, les bras repliés sous sa tête.*

Tu as donc oublié tout notre passé, notre belle vie d'autrefois, là-bas, tout là-bas, en Amérique ? Notre chambre, t'en souviens-tu, s'ouvrait sur un jardin en fleurs, et par les croisées, mille senteurs, mille parfums pénétrants arrivaient jusqu'à nous. Au loin, on entendait la grande voix du fleuve, que refoulait la marée montante, et tout près de nous, le chant des oiseaux réveillés par le bruit de nos baisers. Des milliers d'étoiles, inconnues en Europe, scintillaient au-dessus de nos têtes et te permettaient de m'admirer. « Oh ! murmurais-tu à mon oreille charmée, je n'ai jamais rêvé aussi belle créature que toi. » Tu ne pouvais plus me quitter, et lorsqu'à l'horizon, apparaissaient les premières lueurs du matin, nous nous retrouvions encore à la même place. (*Se penchant vers Georges, toujours assis sur le canapé.*) Ne pouvons-nous donc plus être heureux comme autrefois ?

GEORGES.

Non.

CORA.

Parce que tu me méprises et que tu m'exècres. La passion, la jalousie, le désespoir, justifient l'acte de brutalité auquel tu t'es livré vis-à-vis de moi ; rien ne justifie, au contraire, la terrible vengeance que j'en ai tirée. T'accuser de vol, toi ! Te faire envoyer au bagne ; c'était infâme ! Je m'en rends compte aujourd'hui, je déplore mon crime et je t'en demande humblement pardon. Quant aux menaces que je t'ai faites, je les désavoue. Jamais je n'ajouterai à mes autres infamies, celle de te dénoncer à ta femme. A partir d'aujourd'hui, tu es libre de ne plus me revoir : mais aie pitié de la malheureuse qui t'adore! Si tu savais comme je souffre : je ne songe qu'à toi. Ah! jamais amour n'a été plus ardent, jamais passion plus vive! Tu as connu la jalousie autrefois, je te l'ai fait connaître. Eh bien! tu n'as jamais souffert la millième partie de ce que je souffre! Étais-tu certain que je te trompais? Non, tu le craignais, tu le croyais, voilà tout. Moi, je sais que tu en aimes une autre, que tu l'aimes autant que tu me hais; je sais qu'elle est belle, qu'elle est charmante, et je vous vois sans cesse dans les bras l'un de l'autre, j'entends les paroles que tu lui murmures à l'oreille, je compte vos baisers. Alors, mon sang bouillonne, mille transports m'agitent... Ah! que je souffre, mon Dieu! Si tu ne veux pas m'aimer, tue-moi; je ne puis vivre sans ton amour!... (*Elle essaye de lui prendre la main.*)

GEORGES.

Ah! laissez-moi, laissez-moi.

CORA.

Georges!

GEORGES.

Laissez-moi, vous dis-je...

CORA, *se levant brusquement et passant à droite.*

Ah! rien ne peut l'attendrir! Il n'a plus peur de moi, il compte sur mes promesses!... Parce que je lui ai juré de ne jamais trahir son secret, il me fuit, il m'abandonne! La crainte seule le retenait à mes côtés, il ne me craint plus, et aussitôt il oublie mes prières, il se moque de mes souffrances. (*Revenant à lui.*) Mais tu t'es trop empressé de croire à mes serments; les serments d'une femme comme Cora, est-ce que cela compte? Je serais bien bonne, en vérité, de les tenir! Je les rétracte, entends-tu, je les renie. Je veux te voir comme je t'ai vu ces jours passés, ou bien ta femme saura tout. Tu refuses de m'aimer, soit; mais j'exige que tu sois là, près de moi, pour que je te crie mon amour. Crois-tu donc qu'il me plaise de devenir folle... Oui... folle! Mazilier a frappé juste tout à l'heure, lorsqu'il m'a parlé de folie... Ses paroles m'ont fait froid... Oui, par moments, ma raison s'en va... On dirait que ma tête va éclater... Les idées m'échappent... Je ne vois plus ce qui se passe... J'ai peur... J'ai peur... Oui, j'ai peur de la folie... J'ai peur qu'on ne m'enferme... (*S'approchant de Georges.*) Ah ! tu serais heureux, n'est-ce pas, de me voir enfermée à mon tour, pour la vie, dans une maison de fous ! Tu ne me craindrais plus... Si je parle, on ne me croira pas. Tu resteras libre, heureux avec elle. Eh bien ! non, non... A cette pensée, la raison me revient, je reprends possession de moi-même. Reste dans ce salon, à mes côtés, je le veux ! (*On entend du bruit à la porte de droite. Marcelle paraît.*)

## SCÈNE IV

GEORGES, CORA, MARCELLE.

MARCELLE, *fiévreuse, très-émue, très-agitée, regardant Georges et Cora.*

Je ne m'étais pas trompée !

GEORGES, *allant à elle.*

Marcelle, votre place n'est pas ici. Venez.

MARCELLE, *résolue.*

Non, je ne m'en irai pas... (*Regardant autour d'elle.*) Ah ! j'ai bien fait de vous suivre... On ne pourra plus me tromper. Je sais enfin où vous passez vos soirées et vos nuits, tandis que je suis seule chez moi.

GEORGES.

Je ne puis vous donner d'explication en ce moment. De grâce, venez, je vous en supplie, je le veux...

MARCELLE, *avec énergie.*

Et moi je vous dis que je ne partirai pas. Ah ! vous me prenez pour un enfant, à qui l'on peut imposer toutes ses volontés, à qui il suffit de dire, je veux, pour qu'il obéisse. Non, monsieur ; l'enfant a tellement souffert depuis quelques jours et surtout depuis quelques heures, qu'elle est devenue une femme, une femme qui a aussi sa volonté et qui l'exerce. J'ai si longtemps attendu devant la porte de cette maison, qu'enfin je suis entrée... Maintenant, je ne partirai pas sans vous avoir dit que c'est une infamie de me tromper ainsi.

GEORGES.

Vous tromper!... (*Montrant Cora.*) Elle la croit ma maîtresse!

MARCELLE.

Niez-le.

GEORGES.

Oui, je le nie.

MARCELLE.

Mais madame ne nie pas, elle!

CORA.

Pourquoi donc nierai-je? Quoi!... on veut bien supposer qu'une femme comme moi, qui n'a pas de nom, pas de position dans le monde, qui est rangée au nombre des déclassées de la vie, est la rivale de madame Gérard, fille de monsieur le comte De Rives; qu'on ose tromper avec une pauvre créature comme moi, une femme jeune, brillante, admirablement élevée et belle comme un ange! Mais non, je ne nie pas; je suis au contraire flattée d'un tel honneur et je ne me permettrai pas de donner un démenti à madame.

MARCELLE, *à Georges qui se trouve au milieu, entre elle et Cora.*

Vous entendez!

GEORGES, *à Cora.*

Oseriez-vous jurer que je suis votre amant?

CORA.

Oseriez-vous jurer que je n'ai pas été votre maîtresse?

GEORGES.

Eh bien! oui, vous l'avez été... mais aujourd'hui...

MARCELLE.

Aujourd'hui, vous revenez chez elle; aujourd'hui, vous

m'abandonnez pour elle. Ah! Georges, Georges, je n'aurais jamais cru cela de vous. Georges, vous me faites bien du mal. Georges, vous me tuez!

GEORGES, *s'élançant vers elle.*

Marcelle!

MARCELLE, *se reculant.*

Non... non. (*Brisée par l'effort qu'elle vient de faire, elle tombe accablée et pleure.*)

GEORGES.

Oh! Marcelle, de grâce, ne pleurez pas devant cette femme; ne lui donnez pas la joie de vous voir ainsi accablée.

MARCELLE, *à travers ses larmes.*

Oh! que m'importe! que m'importe! Elle peut bien jouir de son triomphe et de mon désespoir. Qu'est-ce donc pour moi qu'une question d'amour-propre, lorsque mes rêves s'envolent, mon bonheur s'anéantit, ma vie s'écroule.

GEORGES, *à lui-même, tandis que Cora silencieuse, impassible, les contemple tous les deux.*

C'est impossible!... Je ne puis la laisser souffrir ainsi.

MARCELLE, *à travers ses sanglots.*

Me trahir!... moi qui l'aimais tant! Qu'a-t-il à me reprocher? Que lui ai-je fait? Ne lui ai-je pas donné tout mon amour, tout mon cœur? Ne lui étais-je pas entièrement dévouée? Ne lui aurai-je pas sacrifié ma vie avec bonheur? Il veut donc me tuer? Je ne suis pas forte, moi, je ne puis supporter des émotions comme celle-ci. Je le sens aux battements de mon cœur, je n'ai pas longtemps à vivre. Et cependant, je chérissais tant l'existence depuis le jour où il m'avait dit son amour... Ah! maintenant, qu'importe! mon bonheur est détruit, Dieu peut me rappeler à lui.

GEORGES, *à lui-même.*

Oh! c'est affreux!

MARCELLE.

Je l'aimais tant! que je lui aurais tout pardonné, même un crime; mais une trahison, jamais.

GEORGES.

Ah ! (*S'élançant vers Marcelle.*) Eh bien ! je ne t'ai pas trahie ; je t'aime encore, je t'aime plus que jamais et je vais te le prouver ; mais n'oublie pas les paroles que tu viens de prononcer : « Je lui aurais tout pardonné, as-tu dit, même un crime. » Relève la tête et écoute : (*Montrant Cora qui, depuis un instant, s'est assise sur le canapé.*) Je ne suis pas l'amant de cette femme, je suis son esclave ! Si je me rends ici tous les soirs, si tu m'as trouvé près d'elle, c'est qu'elle m'avait ordonné de venir et que je n'osais pas enfreindre ses ordres. (*Traversant la scène et passant à gauche.*) Ah ! c'est trop longtemps tromper, c'est trop longtemps mentir, c'est trop longtemps souffrir ! Tu veux savoir, tu sauras. Il ne faut pas que tu sortes d'ici avec cette pensée que je t'ai trahie pour elle, je ne pourrais plus ensuite te l'arracher ; c'est devant elle que tu dois connaître la vérité. Nous verrons bien si cette fois elle aura l'impudeur de nier.

CORA, *à Georges.*

Prenez garde... Il en est temps encore ; vous vous repentirez peut-être de cette confession.

GEORGES, *à Marcelle.*

Tu vois ! Elle a peur que je ne te livre le secret qui nous lie, parce qu'alors je ne serais plus à sa merci. Mais je ne veux plus y être... L'existence qu'elle me faisait était trop horrible... et... il s'agit de ta vie, à toi. (*Montrant Cora.*) Tu vois ce voile qui lui couvre le visage. Eh bien ! il cache une blessure, une blessure horrible que je lui ai faite... Tiens !... je dis vrai... regarde... (*Il s'élance sur Cora et lui arrache son voile.*)

CORA.

Ah ! (*Elle détourne la tête et se cache.*)

GEORGES, *à Marcelle, qui traverse la scène et passe devant le canapé où se tient Cora.*

Mais regarde-la donc. Crois-tu que je puisse l'aimer ? crois-tu que je puisse la préférer à toi ?

CORA, *ramenant son voile sur sa figure.*

Misérable!

GEORGES, *à gauche, près de Marcelle.*

J'avais vingt ans... j'aimais follement cette créature qui me faisait horriblement souffrir... Un jour, dans un accès de fureur, de jalousie, de folie, j'ai tiré sur elle un coup de pistolet. Tu en as vu les traces; j'ai été arrêté, j'ai été jugé... j'ai été condamné.

MARCELLE.

Ah!

CORA.

Condamné! mais dites donc à quoi? A cinq ans de galères... cinq ans de bagne... Et il a subi sa peine... Votre mari, madame, l'homme que nous aimons est un ancien forçat!...

MARCELLE.

C'est impossible.

GEORGES.

Elle dit vrai!

MARCELLE, *se reculant.*

Ah!

GEORGES.

Comprenez-vous, maintenant, pourquoi je ne voulais pas vous épouser, malgré l'amour que j'éprouvais pour vous? Mais je n'avais plus le courage de vous fuir, je me mourais loin de vous, et... Comprenez-vous pourquoi j'évitais de vous conduire dans le monde, pourquoi nous vivions isolés et mystérieux. Ah!... j'avais peur qu'on me reconnût, que vous n'apprissiez la vérité; j'avais peur de démériter de vous, de perdre votre amour.

MARCELLE.

Mon Dieu!

GEORGES, *montrant Cora.*

Mais elle m'a reconnu, elle! elle m'a retrouvé, et, comme elle me poursuivait de son implacable haine, elle m'a condamné, sous peine de vous apprendre mon passé, à m'asseoir toutes les nuits à cette table de jeu... J'ai obéi. Aujourd'hui, lorsque les autres joueurs sont partis, elle m'a défendu de les suivre, elle m'a ordonné de rester, et elle a voulu m'entretenir de l'infâme amour qu'elle prétend avoir pour moi... Ah! demandez-lui ce que je lui ai dit,... demandez-lui si je l'ai repoussée avec indignation!... Voilà mon secret, je l'ai gardé longtemps; lorsque je vous ai vue souffrir, je n'ai plus eu la force de me taire... J'ai perdu votre amour qui faisait ma joie, mais je vous ai évité de cruels tourments; j'ai peut-être sauvé votre vie. Je ne me repens pas... Maintenant, vous ne devez pas rester une seconde de plus dans cette maison. (*Il lui tend le bras. Sur un geste de Marcelle.*) Oh! venez; vous vous éloignerez de moi lorsque nous aurons franchi cette porte.

CORA, *s'élançant devant eux.*

Non... Vous ne partirez pas... je ne le veux pas!

GEORGES, *marchant sur elle.*

Allons! retirez-vous : faites place à ma femme!

CORA.

Non.

GEORGES.

Allons! retirez-vous; vous êtes folle! (*Il la regarde fixement; elle baisse les yeux et recule vers la droite avec épouvante. Il profite de ce mouvement, et fait passer Marcelle devant lui. Au moment où il va sortir à son tour, Cora veut s'élancer vers la porte; il la poursuit encore de son regard; elle recule de nouveau, et il sort.*)

## SCÈNE V

CORA. (*Après un instant de silence pendant lequel elle reste immobile, au fond, près de la cheminée, les yeux hagards, regardant tout à coup autour d'elle, comme si elle sortait d'un rêve.*

Il n'est plus là... il est parti avec elle. Pourquoi l'ai-je laissé partir... pourquoi n'ai-je pas appelé? ne l'ai-je pas dénoncé comme la pensée m'en était venue?... Ah! je sais... je sais... Il m'a dit que j'étais folle... et ce mot... ce mot m'a fait peur... Puis il m'a regardée... (*Se reculant.*) Ah! non... non... ne me regarde pas ainsi... Georges... Georges... de grâce... c'est ainsi que les médecins regardent les fous. (*Ecartant ses mains qu'elle avait portées à sa tête.*) Mais il n'est plus là... il ne me regarde pas. Pourquoi suis-je ainsi effrayée?... Il disait donc vrai?... Non... non... j'ai toute ma raison... je suis certaine que j'ai toute ma raison. (*Portant sa main à sa tête.*) Mais pourquoi cette douleur?... On dirait que ma tête va éclater... Eh bien!... quoi d'étonnant, après toutes ces émotions. ces... Ah! que je souffre!... (*Après un instant de silence.*) Allons! voyons, il faut me prouver à moi-même que j'ai tort de m'inquiéter ainsi... c'est le hasard qui lui a fait dire que j'étais folle. Il sait bien que je ne le suis pas... je ne puis pas l'être! Pour me le prouver... que dois-je faire?... Il est parti, il m'a bravée, il m'a insultée. Je dois me venger. Ah! j'ai toute ma raison, puisque je songe à la vengeance!.. Et de quelle façon me venger? Parbleu! apprendre son passé à sa femme... Oui, c'est cela. Je vais aller chez elle... Mais, non, puisqu'il lui a tout dit... devant moi... tout à l'heure... Quoi! j'avais déjà oublié?... (*Portant la main à sa tête.*) Ah! j'ai donc quelque chose... il y a un vide dans mon cerveau... Non, j'étais encore émue par cette scène. Maintenant, je vois clair... Il a tout avoué à sa femme; mais la justice, la justice, il ne lui a rien avoué. Ah! je le tiens, je le tiens; il a oublié qu'il était encore sous le coup de la loi... il a oublié l'article 47, et moi je m'en souviens... (*Riant.*) Je ne suis pas déjà si folle... Que faut-il faire?... Écrire... c'est cela, écrire; mais à qui?... à qui? Ah! le procureur général... (*Elle court au bureau qui est à gauche, s'assied, et prend une plume.*) J'ai déjà la lettre dans ma tête... C'est étonnant comme les idées me viennent, lorsqu'il s'agit de me venger... (*Elle écrit très-vite.*) « Le nommé Georges Du Hamel, condamné il y a huit ans à cinq ans de travaux forcés, après avoir fini son temps au bagne de Toulon, a rompu son ban de surveillance, et, sous le nom de Georges Gérard, habite à Paris, rue... (*s'arrêtant*) rue... » Où habite-t-il donc? Voilà que je ne sais plus, moi qui savais si bien... Ah!... « rue Léonie... (*Ecrivant.*) Déjà victime des manœuvres de ce repris de justice, j'ai lieu de craindre, en ce moment, qu'il ne se livre envers moi à de nouvelles violences et je me vois obligée de le signaler à votre attention. » (*Après avoir écrit, éclatant de rire.*) Ah! ah! ah! il dit que je suis folle, ce n'est pas trop mal tourné cependant. (*Elle cachette, sonne, se lève, et, tout à coup, pousse un cri, étend les bras et regarde avec effroi dans la direction de la porte.*) Que viens-tu faire ici?... Ce n'est pas toi que j'appelle... Va-t'en, va-t'en... Tu me fais peur... ne me regarde pas ainsi... Madame, madame, dites donc à votre mari de ne pas me regarder ainsi... Mais va-t'en donc... Ne t'avance pas vers moi. (*Se reculant et tournant tout autour du salon.*) Ah! il vient pour m'enfermer dans une maison de fous... Je ne veux pas... je ne veux pas... je me défendrai... Au secours! au secours! (*Elle tombe épuisée sur le canapé.*

FIN DU QUATRIÈME ACTE

# ACTE CINQUIÈME

## SIXIÈME TABLEAU.

Une pièce élégamment et artistement meublée, servant de cabinet de travail et de salon, chez Georges Gérard. Porte au fond, portes latérales. Canapé près de la cheminée qui est à droite au second plan. Au fond, un petit bureau. A gauche, premier plan un fauteuil. A gauche second plan, petit guéridon sur lequel sont posés des journaux ; à côté du guéridon et adossé au mur, un grand fauteuil.

—

## SCÈNE PREMIERE

GEORGES, *puis* MADAME GÉRARD.

GEORGES, *se promenant avec agitation, s'arrête devant la cheminée et regarde l'heure.*

Midi ; ma mère est avec elle depuis plus de deux heures... Ah ! c'est elle. (*Courant à la rencontre de madame Gérard qui entre par la droite.*) Eh bien ?

MADAME GÉRARD.

Rien, rien encore ; je ne sais rien.

GEORGES.

Elle ne s'est pas prononcée ?

MADAME GÉRARD.

Non...

GEORGES.

Mais, son attitude, son air ?

MADAME GÉRARD.

Je ne la regardais pas... J'étais toute à ce que je disais.

GEORGES.

Ah ! tu me trompes. Tu as peur de me dire la vérité !... Elle ne pardonne pas, n'est-ce pas? Elle ne veut plus me voir, elle me méprise. Oh ! parle... je ne crains pas... J'ai passé par tant d'épreuves dans ma vie, que je subirai encore celle-là.

MADAME GÉRARD.

Je te jure que Marcelle ne s'est prononcée d'aucune façon.

GEORGES.

Mais, espères-tu?

MADAME GÉRARD.

Certainement, j'espère... Ah ! si je n'espérais pas !

GEORGES.

Alors, viens... Assieds-toi près de moi, là, sur ce canapé... (*Ils s'asseyent à droite.*) À tes côtés, ma main dans la tienne, j'aurai plus de courage pour attendre sa décision. (*L'attirant à lui et l'embrassant.*) Chère mère ! quelle existence je t'ai faite !... Où m'a conduit ce premier et fatal amour et quelles douleurs il t'a causées?

MADAME GÉRARD.

Mon Georges ! mon enfant !

GEORGES.

Tu as tout pardonné, toi, mais elle...

MADAME GÉRARD.

Elle pardonnera sans doute.

GEORGES.

Ah ! comme tu dis cela... Tu vois bien que tu n'espères pas.

MADAME GÉRARD.

Mais si, je te le jure.

GEORGES.

Voyons, répète-moi ce que tu lui as dit. Comment m'as-tu défendu? As-tu appuyé sur les motifs qui m'ont empêché de lui avouer la vérité avant de l'épouser ? Lui as-tu expliqué que j'avais eu peur de la perdre... J'aurais peut-être eu assez de confiance en son amour et sa grandeur d'âme pour lui tout avouer, mais son père n'aurait jamais consenti à notre mariage.

MADAME GÉRARD.

Oui, je lui ai dit tout cela, je lui ai parlé de ton enfance, de ta première jeunesse, de ton adoration pour moi, de ton ineffable tendresse, de ton cœur si dévoué et si bon ; je lui ai raconté ton duel, la liaison qui s'en est suivie, ton arrivée au Havre et cette scène terrible, cette scène où tu as perdu la tête... où tu as commis une faute... un crime, si l'on veut, mais un crime que tu as terriblement expié. Je lui ai dit ta fermeté d'âme dans le malheur, tes refus d'accepter le moindre adoucissement à ta peine et toutes les souffrances endurées pour que le châtiment et la réhabilitation fussent complets.

GEORGES.

Elle n'a rien répondu?

MADAME GÉRARD.

Rien.

GEORGES.

Alors, vois-tu, tout est perdu... elle ne me pardonne pas... elle ne peut me pardonner! Le silence qu'elle garde en est une preuve ; au premier moment, et sous l'impression des éloquentes paroles que ton cœur te dictait, elle aurait pu se laisser fléchir... mais le raisonnement est venu : elle a oublié toutes les circonstances qui plaident en ma faveur ; elle ne voit plus que le fait brutal : mon crime, ma condamnation, ma peine. (*Après l'avoir regardée.*) Tu ne réponds rien. Ah! tu partages mes craintes.

MADAME GÉRARD, *l'attirant à elle.*

Non... non...

GEORGES.

Dire que mon bonheur, mon amour, ma vie, se décident en ce moment. Dire que si elle pardonne, si elle veut oublier, je puis encore avoir une existence si belle, près de cette femme que j'adore !... Et si elle ne pardonne pas, si... Ah ! que deviendrai-je, mon Dieu !

MADAME GÉRARD.

On vient.

GEORGES.

Tu crois ?

MADAME GÉRARD.

Oui, de ce côté... On descend cet escalier.

GEORGES.

C'est l'escalier qui conduit de sa chambre ici... C'est elle... Ah ! je n'ai plus de forces...

(*Debout, près de sa mère, il attend ému et silencieux. Marcelle paraît à la porte, premier plan droite ; elle s'avance lentement ; madame Gérard marche à sa rencontre pour lui offrir l'appui de son bras ; elles traversent toutes les deux la scène, puis Marcelle s'assied à gauche, sur le fauteuil du premier plan ; madame Gérard est debout auprès d'elle.*)

## SCÈNE II

GEORGES, MADAME GÉRARD, MARCELLE.

(*Marcelle, au bout d'un instant de silence, tend ses bras à Georges.*)

GEORGES, *s'élance vers elle et s'agenouille à ses pieds.*

Merci !... oh ! merci !

MARCELLE, *lui tendant les mains qu'il couvre de baisers.*

Relève-toi... ce n'est pas ta place. (*S'adressant à Georges qui reste à genoux et à madame Gérard, debout derrière elle, penchée sur son fauteuil.*) Si je vous ai fait longtemps attendre, c'est que dans l'intérêt de l'avenir, je ne voulais obéir à aucune surprise. Dans ma chambre et seule, je me suis répété ce que je venais d'entendre. J'ai longuement réfléchi, j'ai pesé chaque chose, j'ai jugé et je pardonne. Je suis la femme de Georges Gérard ou de Georges Du Hamel, peu m'importe! Il m'aime et je l'aime; j'accepte toutes les conséquences de son passé, je partagerai ses peines comme ses joies, et nous resterons unis jusqu'à ce que la mort nous sépare.

GEORGES, *à sa mère, montrant Marcelle.*

Oh! comme elle est généreuse et grande!

MADAME GÉRARD.

Elle mériterait d'être adorée si elle ne l'était déjà. (*Elle l'embrasse au front.*)

MARCELLE, *après un instant de silence, pendant lequel Georges, toujours à ses pieds, la regarde avec admiration.*

Je suis malade, très-malade, depuis quelque temps. J'ai besoin d'air, de mouvement, de distractions; je voudrais voyager, voir des pays nouveaux. Si vous y consentez, nous nous mettrons en route aujourd'hui même, ce soir. Cédez à ce caprice de malade, vous me rendrez bien heureuse.

GEORGES, *se levant.*

Certainement, certainement... nous partirons... et je vais... (*Il court au bureau qui est au fond et écrit.*)

MADAME GÉRARD, *entraînant Marcelle au premier plan, au milieu.*

Je vous ai comprise. Par délicatesse, vous ne dites pas le véritable motif de ce départ immédiat... Vous craignez, de la part de cette femme, quelque surprise, quelque trahison nouvelle.

MARCELLE.

Oui. Je ne vivrais pas tant que je serais à Paris; nous devrions l'avoir déjà quitté. Ne m'avez-vous pas dit vous-même que Georges n'avait pas le droit d'y être.., qu'on n'avait qu'un mot à dire pour le faire arrêter.

MADAME GÉRARD.

C'est vrai... c'est vrai... nous ne pensions qu'à une chose, voyez-vous: obtenir votre pardon; nous avions oublié tout le reste. Il faut partir, partir sur l'heure; cette femme est capable de tout. (*A Georges, vers qui elle s'avance.*) Que fais-tu?

GEORGES.

J'écris au docteur Combes de venir voir Marcelle; il faut qu'il me dise quel climat lui sera le plus favorable. Il ne s'opposera pas au voyage; lui-même l'avait conseillé!

MARCELLE, *s'approchant de la cheminée.*

Et mon père... je veux le voir immédiatement, lui annoncer mes projets... (*Elle sonne.*) Il les approuvera. Peut-être viendra-t-il avec nous. (*A madame Gérard.*) Vous nous accompagnerez, n'est-ce pas?

## SCÈNE III

GEORGES, MADAME GÉRARD, UN DOMESTIQUE.

LE DOMESTIQUE.

Madame a sonné?

MARCELLE.

Oui... Voyez si mon père est chez lui, et priez-le de passer tout de suite ici.

LE DOMESTIQUE.

Monsieur le comte est sorti depuis plus d'une heure avec le docteur Combes. Il s'agissait, je crois, de se rendre avenue de Neuilly, numéro 16, pour secourir une dame atteinte d'aliénation mentale.

GEORGES.

Ah!

MARCELLE, *au domestique.*

C'est bien... merci!... Dès que mon père sera rentré, prévenez-le.

GEORGES, *à madame Gérard.*

Nous n'avons plus à la craindre; elle peut parler maintenant, personne ne la croira! Enfin, je suis sauvé!... je respire!

LE DOMESTIQUE, *qui était resté au fond.*

Voici monsieur le comte...

## SCÈNE IV

GEORGES, MADAME GÉRARD, MARCELLE, DE RIVES.

DE RIVES, *à Marcelle, qu'il rejoint, tandis que Georges et sa mère sont remontés au fond.*

On me dit que tu désires me voir, chère enfant?

MARCELLE.

Oui, mon père, oui; j'ai à t'annoncer une nouvelle et une grâce à te demander.

DE RIVES.

Elle est accordée d'avance.

MARCELLE.

Alors, tu quittes Paris et tes chères habitudes... tu nous accompagnes tous les trois... nous allons voyager.

DE RIVES, *souriant.*

Ah, mon Dieu! comme cela, tout à coup!... (*La regardant.*) Je comprends... ton mari a fait amende honorable; il a juré de ne plus jouer, et tu l'entraînes vite loin de Paris, de peur qu'il ne manque à ses promesses. C'est fort bien imaginé; et, ma foi, mes enfants, je ne dis pas que je ne vous suivrai pas... Je viens de voir un spectacle qui m'a tout bouleversé; j'ai assisté à des scènes terribles, que je voudrais oublier. (*A Georges, qui s'est rapproché de lui, tandis que madame Gérard rejoint Marcelle.*) Vous savez, madame De Champs, avenue de Neuilly?...

GEORGES.

Oui.

DE RIVES.

Tiens! c'est juste, j'oubliais; c'est dans sa maison que vous jouiez... Eh bien! cher ami, vous n'y jouerez plus; la pauvre femme est folle, folle à lier.

GEORGES.

Ah!

DE RIVES.

Quel événement s'est produit et a déterminé cette crise?... Il doit y avoir là-dessous quelque mystère, quelque ténébreuse affaire...

GEORGES.

Qui vous le fait supposer? (*Madame Gérard et Marcelle se rapprochent.*)

DE RIVES.

Au moment où je suis arrivé chez elle, madame De Champs avait encore quelques lueurs de raison, et par moments, je l'entendais crier : « Je serai vengée... Je veux le perdre... je veux... là-bas... cette lettre... » Et, en même temps, elle désignait un petit bureau qui se trouve dans son salon, et vers lequel elle ne pouvait se diriger, car elle avait déjà eu plusieurs crises terribles, et on la retenait de force sur un fauteuil.

GEORGES.

Eh bien?

MADAME GÉRARD.

Cette lettre?

DE RIVES.

J'ai pensé qu'elle pouvait être importante; je me suis dirigé vers le bureau, j'ai trouvé la lettre, et bien m'en a pris d'avoir eu cette idée, car elle était adressée au procureur général.

MARCELLE.

Mon Dieu!

DE RIVES.

Elle doit contenir quelque révélation sur l'existence de madame De Champs, et elle éclairera certainement la justice.

GEORGES.

Qu'en avez-vous fait ?

DE RIVES.

Mais je l'ai fait remettre à son adresse.

MADAME GÉRARD, *à elle-même.*

Nous sommes perdus !

GEORGES.

Combien y a-t-il de temps de cela ?

DE RIVES.

Une heure environ... (*Il remonte vers le guéridon qui est au fond à gauche, et y cherche un journal.*)

GEORGES, *bas à madame Gérard.*

Allons!... d'un moment à l'autre, on peut venir m'arrêter.

MADAME GÉRARD.

Aussi, pas une minute à perdre... partons... voyons... mes enfants... voyons, du courage !

MARCELLE.

J'en ai... j'en ai... mais je n'ai plus de forces.

MADAME GÉRARD, *à monsieur De Rives.*

Rendez-nous, je vous prie, le service de voir si le docteur Combes est rentré, nous voudrions lui parler au plus vite.

DE RIVES, *les regardant étonné.*

Est-ce que vous trouvez Marcelle plus malade ?

MADAME GÉRARD.

Non, non, mais je voudrais voir le docteur... (*A son fils, tandis que monsieur de Rives s'éloigne.*) Georges, viens... monte avec moi, prendre quelques papiers. (*A Marcelle.*) Mon enfant, dans dix minutes nous descendons; serez-vous prête ?...

MARCELLE, *tremblante.*

Je le suis, madame... je le suis... Dites à Julie de m'apprêter un chapeau, un mantelet, un châle, ce qu'elle voudra... Je ne monte pas... je ne pourrais pas... mon cœur bat si fort...

GEORGES, *s'élançant vers elle.*

Pauvre enfant!...

MARCELLE.

Va... va... mais dépêche-toi donc!... (*Elle le reconduit. Georges et madame Gérard sortent à gauche.*)

## SCÈNE V

MARCELLE, *puis* JULIE, *et un* DOMESTIQUE.

MARCELLE, *seule.*

Ah! mon Dieu! aurai-je la force d'aller jusqu'au bout?... Voyons! je voulais emporter quelque chose... je ne me souviens plus... Ah! oui, ce journal où sont inscrites mes plus secrètes pensées... où je parlais de lui à toutes les pages. (*Elle s'approche d'un bureau et cherche. La porte du fond s'ouvre, le Domestique paraît.*)

MARCELLE.

Au moindre bruit je tremble! (*Au Domestique.*) Qu'y a-t-il? Que voulez-vous?

LE DOMESTIQUE.

Madame, je cherche monsieur...

MARCELLE, *vivement.*

Mon mari! Que lui veut-on?... Qui le demande?

LE DOMESTIQUE.

Un monsieur que je ne connais pas.

MARCELLE.

Dites qu'il n'y est pas... Dites...

LE DOMESTIQUE.

C'est que, madame, il n'est pas facile de se débarrasser de cette personne-là... on dirait que...

MARCELLE, *vivement.*

Quoi?

LE DOMESTIQUE.

On dirait qu'elle a le droit d'être chez nous.

MARCELLE.

Ah! mon Dieu!

LE DOMESTIQUE.

Voici ce monsieur, madame.

## SCÈNE VI

MARCELLE, LE DOMESTIQUE, JULIE, UN COMMISSAIRE DE POLICE.

LE COMMISSAIRE, *s'avançant à droite.*

Je vous demande pardon, madame, de pénétrer jusqu'ici. Le domestique m'a laissé seul sans me dire...

MARCELLE, *très-émue, s'appuyant sur le siége qui est à gauche.*

Que voulez-vous, monsieur?

LE COMMISSAIRE.

Je voudrais voir monsieur Gérard.

MARCELLE.

Il est absent.

LE COMMISSAIRE.

Le concierge m'avait assuré qu'il était chez lui.

MARCELLE.

Ils'est trompé... Ne pouvez-vous dire ce que vous lui voulez?

LE COMMISSAIRE.

Non, madame, c'est à lui seul que j'ai affaire.

MARCELLE.

Mon Dieu! (*Faisant un effort pour parler.*) Qui êtes-vous, monsieur?

LE COMMISSAIRE.

Je suis commissaire de police, madame.

MARCELLE, *poussant un cri.*

Ah!...

## SCÈNE VII

LES PRÉCÉDENTS, GEORGES, MADAME GÉRARD, *puis* DE RIVES.

GEORGES, *accourant.*

Pourquoi ce cri?... Qu'y a-t-il? (*Il aperçoit le Commissaire, puis ses regards se portent sur Marcelle; il la prend dans ses bras, et l'assied dans le fauteuil du fond à gauche.*) Ils me l'ont tuée! (*Madame Gérard entre et court à Marcelle; le Commissaire fait un pas pour s'avancer et porter secours, Georges se trompe à ce mouvement, et croit qu'on veut s'emparer de lui. Avec éclat.*) Non... vous ne me séparerez pas d'elle. Je vous le défends!... Je ne le veux pas!... (*Sur un nouveau mouvement du Commissaire.*) Je vous tuerai, si vous faites un pas.

MADAME GÉRARD, *s'élançant vers lui.*

Georges, mon fils! (*Elle lui montre Marcelle et le force à retourner vers elle.*)

DE RIVES, *apparaissant au fond.*

Qu'y a-t-il? Ma fille évanouie? (*Il s'approche de Marcelle.*)

MADAME GÉRARD.

Ce n'est rien... Elle revient à elle... Elle ouvre les yeux... Rassurez-vous. (*Elle lui parle vivement à voix basse, en désignant le commissaire.*)

DE RIVES, *s'approchant du Commissaire.*

On me dit que vous êtes commissaire de police, monsieur. Voudriez-vous avoir l'obligeance de m'expliquer ce qui se passe?

LE COMMISSAIRE.

Mon Dieu! monsieur, j'aurais besoin qu'on me l'expliquât à moi-même; j'entre ici pour accomplir une mission, et...

MADAME GÉRARD, *s'avançant vivement.*

Excusez mon fils, monsieur... il a perdu la tête quand il a vu sa femme dans cet état; elle est très-malade, depuis longtemps, d'une maladie de cœur, et la moindre émotion...

LE COMMISSAIRE.

Je comprends, madame...

DE RIVES.

Mais vous parliez d'une mission, monsieur?

LE COMMISSAIRE.

Sans doute, monsieur; je suis commissaire de police à Neuilly et on vient de m'appeler chez la nommée madame De Champs, en proie à une folie tellement furieuse, qu'il est d'intérêt public de la transporter dans une maison de santé! Cette dame n'a pas de famille, paraît-il, elle n'a que des amis. J'ai demandé leurs noms pour m'entendre avec eux, et comme monsieur Gérard était une des personnes qu'on m'a désignées, j'ai cru pouvoir me présenter chez lui.

DE RIVES.

C'est tout naturel... Eh bien! monsieur, je connais madame De Champs beaucoup mieux que mon gendre, et si vous voulez bien prendre la peine de passer chez moi, je demeure dans la maison et je suis tout à vos ordres.

LE COMMISSAIRE.

Parfaitement, monsieur! (*De Rives retourne à sa fille, la regarde, puis rejoint le commissaire et le fait passer devant lui.*

## SCÈNE VIII

GEORGES, MARCELLE, MADAME GÉRARD.

MADAME GÉRARD, *rejoignant Georges, resté près de Marcelle, au fond.*

D'après ce qu'on vient de dire, il ne s'agissait que d'un renseignement à te demander; nous nous sommes émus à tort.

GEORGES.

Oui... (*S'approchant de sa mère, et bas.*) Mais la lettre

de Cora n'en a pas moins été remise ; si ce commissaire de police n'avait pas mission de m'arrêter, dans un instant il en viendra un autre.

MADAME GÉRARD.

Alors, pars... pars...

GEORGES.

Sans elle ?... Jamais !... La laisser dans cet état... (*Le Domestique paraît au fond. Georges se retournant brusquement.*) Ah ! (*Le Domestique lui donne une carte de visite, il jette les yeux dessus, puis il dit :*) C'est bien. Faites entrer... (*Madame Gérard fait un geste de frayeur, Georges lui remet la carte, Mazilier entre.*)

## SCÈNE IX

LES MÊMES, MAZILIER.

MAZILIER, *entrant, à Georges qui s'est avancé vers lui.*

Excusez-moi de me présenter chez vous, monsieur ; mais j'ai quelque chose de grave à vous dire.

GEORGES, *l'entraînant à l'écart, à droite.*

Ici on ne nous entendra pas, vous pouvez parler.

MAZILIER.

On est venu ce matin me prier de me rendre chez Cora...

GEORGES.

Oui... oui... je sais.

MAZILIER.

Quel spectacle !... Je trouve dans le salon monsieur De Rives qui me montre une lettre sur laquelle je lis : « Monsieur le procureur général, » et qui me demande ce qu'il faut en faire. La remettre à son adresse, parbleu ! lui dis-je ; je m'en charge... Je prends la lettre, et...

GEORGES.

Vous la portez ???

MAZILIER.

Chez moi, où je la décachette et je la lis... Oh ! sans le moindre scrupule ; je n'en ai jamais eu de bien exagérés lorsqu'il s'agissait de faire le mal, il serait étrange que j'en eusse pour faire le bien.

GEORGES.

Le bien ?

MAZILIER.

La lettre contenait une indigne dénonciation contre vous, monsieur. Je n'ai pas voulu la remettre ; je vous l'apporte, brûlez-la.

GEORGES, *après avoir parcouru la lettre et tandis que sa mère et Marcelle, qui est revenue à elle, regardent et écoutent.*

Ah ! merci !

MAZILIER.

Brûlez... brûlez !... pour qu'il ne reste plus rien de ce secret... Car, j'ai une qualité, monsieur, une seule, je suis discret. (*A Georges qui s'est dirigé vers la cheminée et qui jette la lettre au feu.*) Maintenant, voulez-vous me pardonner tout le mal que je vous ai involontairement causé ?

GEORGES.

Oui, certes !...

MAZILIER, *avec expansion.*

Alors, faites-moi l'honneur de me donner la main.

GEORGES, *lui tendant la main.*

Ah ! monsieur !...

MAZILIER.

Adieu ! Je rejoins Potain ; nous devons prendre l'express de cinq heures pour le Havre, afin d'arriver plus vite dans notre ville natale. (*Il salue Marcelle et madame Gérard, qui se sont approchées.*)

GEORGES, *à Marcelle.*

Nous sommes sauvés ; le passé n'existe plus...

MARCELLE, *la tête sur son épaule.*

Si... le nôtre !...

(*Marcelle, madame Gérard et Georges, forment un groupe au milieu. Dans le fond, avant de sortir, Mazilier les regarde.*)

FIN.

2711. Paris. — Typ. Morris père et fils, rue Amelot, 64.

www.ingramcontent.com/pod-product-compliance
Ingram Content Group UK Ltd.
Pitfield, Milton Keynes, MK11 3LW, UK
UKHW020343230726
13925UKWH00003B/932

9 782014 077544